AF571652

La fille du Berger

En 1994, *La fille du berger* a été honoré par le prix NOUREDDINE ABA et son auteur s'est vu attribuer en 1996 la bourse d'écrivain du C.R.L. (Centre Régional des Lettres) de Midi-Pyrénées.

Illustration de couverture: place du village kabyle Taourirt-Amokram

ISBN : 2-7384-5541-7

Laura MOUZAIA

La fille du berger

roman

Éditions L'Harmattan
5-7, rue de l'École-Polytechnique
75005 Paris

L'Harmattan Inc.
55, rue Saint-Jacques
Montréal (Qc) – CANADA H2Y 1K9

Je remercie toutes les personnes qui m'ont aidée et encouragée à produire ce roman.

Afin que se taisent mes cicatrices et que mes combats se légitiment, j'ai voulu effeuiller l'interrogation qui émerge de cette lointaine et obscure incohérence qui a fait de nous, ayemma (ma mère), des oiseaux blessés juste entre les ailes.

Nos chemins sont les mêmes, et les épines guettent nos pas.

Mais moi j'ai pris le temps de me retourner et j'ai crié "ayemma".

Pour m'être retournée le temps d'un regard, le temps d'un soupir, pour avoir interrogé ma route et défié les traditions, j'ai été exclue de la cité d'où j'ai pris la fuite avec mon corps criblé. Que serais-je devenue, ayemma, si l'écriture maligne et bienfaitrice avait échappé à ma main ?

Dans la cour, un groupe de jeunes filles pouffent de rire autour d'une table basse où le café est servi. Aux cris se mêle la provocation :

– "Je l'ai aperçu hier, je crois qu'il est borgne !" chuchote l'une.

– "Prends garde", rétorque l'autre, "que ton prétendant ne soit borgne et manchot en même temps."

Les cris redoublent, l'excitation gagne le cercle, Khadidja, assise par terre, à l'angle du mur, observait le manège des jeunes vierges en quête d'époux.

– "Soyez prudentes les filles, soyez prudentes. L'amour, c'est comme la liberté, il faut se battre pour l'obtenir et le conserver. Et puis c'est tellement fragile, c'est si fragile..."

Les yeux de Khadidja se fixent soudain sur un passé mystérieux.

– "Khadidja, raconte-nous, s'il te plait, raconte", supplient les jeunes filles.

Et Khadidja, femme sans âge, d'une voix profonde, raconte dans un océan de mots.

I
LA TRIBU

Je suis née dans un petit village nommé Ahemame, en Petite Kabylie. Ce village est accroché courageusement sur le flanc de la montagne rocheuse ; je pourrais même dire qu'il s'agit d'un bourg et du haut de cette crête on pourrait reconnaître d'autres villages plus importants tels Boukhalfa ou Oued-Amizour.

La maison de mon grand-père Smaïl O'Mansour était tapie dans un coin à l'écart du village, pas très loin de la mosquée. Mais ce n'était pas une maison individuelle, isolée : non, c'était tout un ensemble de pâtés de maisons qui s'alignaient dans un angle et se tenaient fortement serrées, comme pour mieux exprimer les liens de solidarité qui les unissaient.

La porte en bois, peinte d'un bleu délavé, fané, nous rappelait le peu d'égards qu'on lui portait. Je l'ai vu claquer de nombreuse fois, si violemment qu'elle devait à tout instant perdre de sa couleur. Mais personne ne s'en souciait, puisque son premier rôle était d'assurer une fermeture irréprochable qui maintenait les membres de la maisonnée dans la sécurité, les protégeant ainsi du regard indiscret des éventuels passants.

Lorsque l'on pénètre dans cette maison, c'est le patio qui vous reçoit, comme d'ailleurs dans toutes les maisons kabyles. A droite, c'est la réserve à eau, "Icmuxen". A gauche, une chambre, qui était celle de mes parents. Juste en face, un escalier conduit à la seule pièce à balcon dans les hauteurs. Au milieu de la courette, un abri grossièrement construit pour les moutons, l'âne et les volailles, avec sa porte de végétaux, toute cahotante. A gauche, c'est la chambre réservée aux grands-parents avec juste à côté un débarras inconfortable, totalement ignoré du soleil, assigné à mes tantes, "aâmumti" (les sœurs de mon père). A l'origine, la maison occupait un espace plus important, mais les querelles familiales ont imposé un mur de torchis fait de paille et de bouse de vache.

Ce mur, en divisant le patio, divisait deux familles proches dans leur lignée mais très lointaine dans leurs relations humaines. Ainsi, derrière ce mur, on devinait l'existence d'autres vies par le souffle discret de ces habitants qui allaient et venaient, et aussi par le frôlement des robes des femmes qui rasaient le mur.

Cette mitoyenneté avait été élevée d'un commun accord entre les deux responsables familiaux c'est-à-dire mon grand-père et son cousin Belkacem O'Mansour qui, à lui seul, possédait une caractéristique : il avait réuni, bien involontairement d'ailleurs, deux épouses. C'était le seul polygame de la région. C'était un fait divers peu banal qui a longtemps alimenté les discussions à la djemaâ et nourri les conversations des femmes, très friandes de ce genre de spécialités.

Tout le monde connaissait l'esprit acariâtre de Belkacem. Sa première épouse ne pouvant davantage tolérer ses caprices, trouva refuge chez ses parents, laissant là toute sa progéniture à la charge de son époux. Désespérant de ne plus jamais revoir sa femme, Belkacem prit une deuxième épouse, ce qui incita sa première belle-famille à la rébellion. Après une longue procédure, le juge condamna Belkacem à reprendre sa première épouse sous le toit conjugal. Les deux femmes vivaient dans une entente exemplaire. Jamais un mot de dispute ne faisait écho dans notre courette. Les trois enfants nés de la première union avaient trouvé ainsi une deuxième mère qu'ils affectionnaient tout particulièrement.

C'est derrière ces courettes closes que l'amour et la haine, la jalousie et la bonté naturelle de mes proches ont guidé mes premiers pas vers une enfance en dents de scie. Les méfaits de la guerre seront évidemment comptabilisés, et jalonneront le tragique destin d'une petite fille qui devient victime de l'histoire et fait office de jouet dans une société patriarcale aux mœurs brutales où l'espoir du deuxième souffle est impossible voire suicidaire, tant les fils de la trame sont tendus.

Je suis donc née avec la guerre et ses horreurs, et je suis le premier enfant de la maisonnée. Bien sûr, je n'ai pas été accueillie avec des feux d'artifice, mais par le bruit râleur et continuel des mitraillettes que manipulaient les soldats de l'armée française. Les félicitations ne pleuvaient pas non plus à l'égard de ma mère qui avait engendré une fille. "Turew am taqjunt" (elle a accouché comme une chienne). Seules mes tantes se réjouissaient, car j'allais leur servir de jouet vivant. Le frère de mon père, Brahim, pour lequel je suis vite devenue un fétiche, a su très tôt me gaver de toutes sortes de friandises, en particulier de nougat, mot que je ne pouvais prononcer sans susciter le fou rire de mes proches, car mon parler enfantin m'obligeait à bredouiller "âguna", terme escamoté qui en kabyle se traduit par "simplet".

Il m'emmenait partout, juchée sur ses épaules ou assise sur ses genoux. J'assistais à des réunions de la djemaâ où les notables, drapés de leurs magnifiques burnous blancs maniaient avec aisance le verbe. Les discours de ces vieillards m'amusaient. Lorsqu'ils prenaient la parole, ils étaient très écoutés, accompagnés même d'un infini respect. Tous écoutaient assis en tailleur, certains tenaient dans le creux de leur giron un chapelet comme pour mieux renforcer leur honorabilité, car chez nous un homme pieux est exempté de tout discrédit. J'assistais, sans forcément les comprendre, aux décisions et aux transactions de ces plaidoiries publiques réservées exclusivement aux hommes, et ma présence discrète ne modifia en rien le règlement fondamental de cette institution. Malgré le désaccord manifesté par certains participants à cette assemblée, je n'ai jamais relevé des brusqueries dans l'intonation des voix, ou une violence quelconque dans les gestes. Peut-être de telles attitudes devaient elles être proscrites par la règle ; car la djemaâ est le lieu par excellence des règlements à l'amiable. Une brusquerie quelconque aurait été perçue comme une énorme incongruité et aurait étiqueté pour longtemps l'auteur de ces faits. La mémoire kabyle est infaillible. C'est pour cette raison que chacun tient à la bonne mesure de son honorabilité "nnif leqbayel". Victimes, et présumés coupables, plaidaient tour à tour en bons citoyens dans une parfaite placidité que seul un juge pouvait apprécier. Une seule fois pourtant, une discussion orageuse éclata. Après trois sommations directes, Mohand s'en prit à son voisin Akli, présent, qui avait négligé l'écoulement des eaux usées. Les chéchias volèrent et les burnous se dédrapèrent, laissant apparaître de larges épaules de fellahs, sculptées par le dur travail des champs. Brusquement, je glissais des genoux de mon oncle pour me réfugier contre sa poitrine, il me serrait très fort et enfouissait ma tête dans le revers de sa veste. Je fus privée soudain d'images violentes, mais j'avais pu capter le son ; "laâqel a Mohand, laâqel" (calme-toi Mohand, calme-toi). L'assemblée sépara les deux hommes et cheikh qui arbitrait le conflit, les invita à retrouver leurs esprits, attribuant cette maladresse au diable : "exzut ccitan" (maudissez Satan). Cheikh balbutia quelques versets du Coran avant de prononcer la sentence approuvée par l'assemblée. Akli se vit condamné à payer une amende et à dévier l'écoulement des eaux usées sur le champ, tant il y avait urgence. Depuis ce jour, j'appréhendais les visites à la djemaâ, et mon oncle Brahim, attentionné, espaça ses rencontres en ma présence.

Je garderai le souvenir toutefois d'un autre lieu où seuls les rires et la bonne humeur régnaient. C'était le café de Boualem. On devait échanger ses économies contre quelques tasses de café, de thé, de jus de fruits et la location de cartes et de dominos. Contrairement à tajmaât, "lqahwa Boualem" (le café de Boualem) faisait preuve d'une grande souplesse. Tous les tons de voix étaient tolérés, admis. La clientèle parlait et riait fort sans retenue aucune. Encore un endroit privilégié pour les hommes, où la plaisanterie n'avait pas de frontières, surtout celle des plus jeunes, libres de leurs gestes. Endroit de liberté de langage, où les mots les plus crus étaient lancés un ton en-dessous par respect pour les quelques vieillards hostiles à tout écart de conduite. Ces écarts de langage étaient entretenus par les jeunes et ils pouffaient de rire dans leur cercle tout à fait isolé. C'était le lieu du défoulement. Tous ces rires inhibés, les mots déplacés, les réflexions considérées impertinentes chez soi étaient exorcisées chez Boualem au prix de quelques "douros" (pièce de cinq centimes). J'assistais à tout ce spectacle, gavée de jus de fruit et de cacahuètes. Et lorsqu'un nouveau venu prenait place, il questionnait Brahim : "d'yelli-k" ? (c'est ta fille ?) – "xati d-yelli-s n dadda" (c'est la fille de mon frère). Voilà l'univers sucré de mon enfance fragile.

Les différends nés d'une étiquette sociale peuvent quelquefois engendrer bien des étincelles.

Ma mère a été orpheline très tôt. C'était le quatrième enfant après trois garçons ; son père fut fou de joie ; il sacrifia pour l'occasion un bœuf. Son prénom, Laâldja, dans lequel on retrouve la racine "taâldjet" (poupée) prouve la dimension de la joie éprouvée et la place qu'il lui accordait dans son cœur. Ma mère fit le bonheur de son père après ses frères Arezki, Mohand, Meziane ; juste après elle, il y eut sa sœur Sahra et son frère Makhlouf. Les quelques souvenirs que ma mère me dévoila sur sa petite enfance furent maigres mais porteurs des germes de la misère.

Son père, Mohand O'Znati, était un homme porté sur la boisson, d'où de fréquentes querelles avec son épouse Fatima. Celle-ci se lamentait de son sort, car les demandes en mariage de ses ex-soupirants venaient de bons partis, alors que celui auquel le destin la liait ne lui apportait que des amertumes et des conflits interminables. Beaucoup gémirent sur le "mektoub n Fatima" (le destin de Fatima). Mais très tôt, les maternités accaparèrent le corps de cette femme et le temps n'était plus aux lamentations, mais à l'action. Une action plus modulée. Elle devait se battre pour, chaque jour, apporter à ses enfants un maigre repas confectionné à la hâte, avant l'arrivée du mari ivrogne qui, sous l'effet de l'alcool, dévorait la part des enfants gagnée au prix de nombreux sacrifices. Elle était dans l'obligation d'occuper de petits emplois dans des familles.

Fatima était une femme digne. Sa sensibilité et sa générosité lui valurent beaucoup d'estime chez les siens et auprès de ses sœurs en particulier. Sa sœur aînée, Djouhra, racontait combien elle frémissait de douleur lorsqu'elle se trouvait dans l'incapacité de secourir quelqu'un. Un jour elle confectionna une robe kabyle. La robe terminée elle n'osa pas l'enfiler ; avec une infinie tendresse dans les yeux, elle s'adressa à Djouhra : "els-it a nanna, kem ittameqrant felli" (à toi de l'étrenner, car tu es l'aînée). Toutes ces attentions saines et chaleureuses envers ses proches lui permirent d'être fortement présente dans leur cœur. Aujourd'hui encore, ses sœurs Djouhra et Aïcha ne peuvent évoquer le nom de Fatima sans que frémissent les narines humides et que battent les cils noyés par les larmes. Le souvenir d'une femme aux grandes qualités humaines. En pareille circonstance, la mort se hâte toujours de soustraire la présence d'une personne aussi digne. Le typhus aura raison d'elle, puisqu'il l'inscrira sur la longue liste qu'il s'est établie : pendant longtemps, il règnera en véritable despote, provoquant un véritable génocide qui décimera une bonne partie de la population kabyle.

Fatima a trouvé une solution à son mariage malheureux dans la mort, alors que pour ses six enfants une nouvelle trame commence. L'aîné Arezki quittera très tôt le bercail à la recherche d'un emploi. Les cinq autres enfants resteront avec leur père que la mort de sa femme aura aigri. Il reprochait à sa fille de six ans, si choyée auparavant, de ne pas pouvoir tenir une maison, de ne pas savoir cuire la galette de semoule indispensable aux repas. Elle essuiera bien des insultes et des coups. La corvée d'eau lui sera imposée, et ses petits bras seront vite épuisés par les nombreux voyages à la fontaine avec, pour seul ustensile, un seau aussi grand qu'elle. La maladie, ou peut-être l'usure, emporteront ce chef de famille accaparé par le lourd fardeau que lui avait imposé le destin. Les enfants encore jeunes seront récupérés par leur grand-mère maternelle fort heureusement assez argentée. Aïcha ne pouvait approcher ses neveux et nièces sans verser des larmes et elle se griffait le visage comme pour mieux exhiber sa colère et sa peine ; elle marmonnait "xah Fatima, xah af deryas" (pauvre Fatima, pauvres sont ses enfants). Et dès que ses moyens le lui permettaient, elle offrait à l'un ou à l'autre un vêtement ou une friandise. Dans la demeure de grand-mère, l'affection et l'aisance étaient copieusement servies. Pour les garçons, leurs principales activités se déroulaient au dehors. Ils rentraient le soir tout crottés, le visage maculé de sueur mêlée à la poussière des champs. Lheldja, elle, ne quittait pas les jupons de sa grand-mère ou des domestiques. C'est ainsi qu'elle s'initia aux travaux féminins : cuisson des repas, cardage de la laine, tissage, poterie. A quatorze ans, elle avait tissé sa première couverture sous l'œil sévère de sa grand-mère.

Quatorze ans, l'âge critique, quand on sait combien de jeunes filles sont lâchées prématurément et inconsciemment dans les liens du mariage. Derrière cette couverture, il y avait ses larmes de petite fille qui suppliait grand-mère d'intervenir car le fil de la trame avait cassé dans le métier à tisser. La règle de ce long et dur apprentissage dictée par les matrones était de ne pas céder, la jeune fille devait s'initier rapidement. En fait, dans ce système éducatif, on ne devait montrer aucune tolérance, ni faire émerger ses sentiments. Quand la raison parle, le cœur est voué au silence. Cette dure épreuve est réservée exclusivement aux filles. Il faut leur forger une endurance pour les préparer à la dureté impitoyable de "axxam n medden" (la maison des autres). On sait chez nous qu'une fille, on ne l'éduque jamais pour elle, mais pour les autres, et ces "autres" constitueront plus tard les membres de sa belle-famille, ceux qui ne lui tolèreront aucun répit, aucun pardon. Très tôt, elle est donc préparée à subir toutes les épreuves d'endurance et de soumission. En fait, cela peut aussi se traduire par le proverbe “qui aime bien, châtie bien”. Mais chez nous, le caractère de la mentalité paysanne a le don d’amplifier toutes ces valeurs éducatives qui resteront, pour toute la société, un paramètre sûr. Et si une belle-mère critique la mauvaise éducation de sa bru, ce n’est pas seulement l’honorabilité de l’épousée qui est en jeu, mais celle de tout son cercle familial qui a veillé de près ou de loin à sa formation. C’est pourquoi une jeune fille, ayant reçu une bonne éducation à la kabyle, reste l’apanage de toute la famille. Chacun, homme et femme, met un point d’honneur à défendre son système éducatif ; et la jeune fille est porteuse de cet honneur éducatif qui sera visible, mais surtout contrôlé, une fois franchie la porte du domicile conjugal. C’est pourquoi toutes les jeunes filles s’activent ingénieusement à remplir dignement leur part du contrat de mariage. Et si la jeune fille ne veut point être la risée de sa future belle-famille ou faire l’objet de commérages dans le quartier, aussi tranchants qu’une scie, elle devra se plier et subir avec placidité et assiduité tous les tests qui la préparent à l’épreuve d’endurance. Souvent, derrière les murs des courettes, de sévères critiques s’échappent sur “yellis n-flen” (la fille untel). Quelquefois un geste, un regard, un mot seront perçus comme incongrus par l’entourage de celle-ci. Inutile de plaider l’indulgence : l’acte commis et le verdict qui s’ensuit seront cristallisés dans la mémoire familiale. L’immaturité de l’accusée n’est jamais considérée comme circonstance atténuante. C’est pourquoi les pleurs de ma mère n’ont pas ébranlé la grand-mère, car derrière les fils cassés de cette première couverture et ses larmes de petite fille il y avait tout : le plaisir des couleurs, les dessins géométriques que l’on vous apprend de mère à fille, mais il y avait surtout le futur époux. Enfin, tout ce qui tisse la vie d’une femme kabyle.

Il faut savoir aussi que la qualité et la production de vêtements tissés, burnous, couvertures, la réalisation de poteries, la confection de plats dans le domaine culinaire, sont autant d’éléments qui déterminent l’aptitude et la maturité qui sélectionneront la jeune fille d’une manière plus rapide à s’engager dans une alliance. Tous ces gestes, tous ces goûts sont épiés, pesés discrètement par la mère ou la grand-mère de la future mariée.

Lorsque les petits orphelins rejoignirent leur grand-mère, ils durent quitter Oued-Amizour et venir à Sidi-Aïch, à quelques kilomètres de là. Et c'est là que ma mère nous racontait qu'à partir de huit ans, elle avait un endroit secret où elle venait vivre, à l'abri de tous les regards, les interdits que lui imposait sa grand-mère. Cet endroit, c'était le ruisseau. Là, elle venait laver et manger les fruits cueillis trop tôt, qu'elle avait chapardés dans l'immense verger de sa grand-mère. Rusée comme un renard, elle attendait le moment propice de la sieste, où la pleine canicule imposait un repos forcé, pour grimper sur les figuiers et arracher à la hâte les premières figues mûres de l'année. La treille qui étendait généreusement ses grappes aussi bien à l'extérieur de la maison que dans le patio n'échappait pas à la voleuse. Elle courait comme une bête traquée par la faim plonger son butin dans le ruisseau, le ressortait au bout de quelques instants gavé de fraîcheur, et le dégustait à l'ombre, les yeux pétillants de malice.

Dans ces attitudes licencieuses, on ne pouvait trouver aucune explication : jamais chez la grand-mère, les enfants n'avaient connu le goût de la privation ou d'une carence quelconque. Bien au contraire, variétés et richesses culinaires abondaient. Mais la faim qui les a hantés pendant longtemps restera une constante au fond d'eux-mêmes, ainsi que la peur de ne pouvoir se rassasier. A notre grand amusement, elle nous avait narré le vol d'un kilo de sucre par son frère Méziane, qui avait dissimulé le produit sous sa chéchia. Il s'apprêtait à sortir le grignoter dehors. Le voyant ainsi affublé, la grand-mère s'avança pour corriger son allure, ses mains effleurèrent la chéchia qui laissa alors voir son contenu. Méziane ne put s'esquiver, il fut pris, au grand étonnement de sa grand-mère, qui resta bouche bée. Et Méziane, honteux d'avoir été découvert en flagrant délit, jura que lorsqu'il serait un homme, la première chose qu'il achèterait serait bien sûr un kilo de sucre. Pendant longtemps l'histoire de Méziane amusa la famille et les domestiques, toutes les friandises et les sucreries ne suscitaient que le rire.

Le ruisseau de ma mère ne servait pas uniquement de garde-manger ou de réfrigérateur. Au moment du cardage, lorsqu'elle réclamait de la laine aux femmes, celles-ci lui répondaient : "mazal-ikem ttamezyant" (tu es trop jeune pour apprendre). Profitant d'un moment d'inattention de celles-ci, telle une pie, elle réussissait à leur soustraire des fils de laine. Elle alla visiter "ayoudi" (le tas de fumier), véritable dépotoir où les ordures ménagères et le fumier des étables s'entassaient. Elle choisissait quelques grosses pierres au bord de la route, et les disposait dans le ruisseau en forme de cercles pour former des baquets : deux pour le rinçage. Ayant d'abord pris le soin de glisser sous son aisselle un morceau de savon de Marseille que Zora avait laissé là par inadvertance, et après avoir rassemblé son matériel de fortune, elle se mit sérieusement à la besogne. Elle lava énergiquement et rinça les fils, les fit sécher sur les grosses pierres près du ruisseau. Une fois qu'il furent secs, elle les roula en bobine et d'un trait courut vers le groupe d'adolescentes connues dans le quartier et s'adressa à Baya, réputée pour sa dextérité et la finesse de ses travaux de tissage et de tricotage. Fortement motivée et élève attentive, en quelques leçons, elle confectionna un ouvrage destiné à une poupée imaginaire. Fière de son œuvre, elle en fit tout de suite étalage auprès de sa grand-mère et des autres femmes qui ne cachèrent pas leur étonnement devant la petite artiste flattée. A partir de cette œuvre, qui émerveilla l'œil critique des femmes, habileté et création furent les deux prédictions qu'annoncèrent les "anciennes" à la petite fille aux doigts de fée. Elles lui avaient annoncé cela non sans un pincement de lèvres et un regard mystérieux.

Lorsque ma mère atteignit sa quinzième année, une main sourde et lourde vint clore à jamais les paupières de la vieille femme, qui longtemps avait été une bouée de sauvetage pour ses petits enfants. Et je sais que chacun d'eux conserve encore l'image d'une femme dévouée, une deuxième mère qui, en tout temps, a fait preuve d'équité et d'impartialité, et n'avait qu'une source à faire partager : c'était cet amour sincère et vrai où la chair de sa chair s'est désaltérée. Arezki, le frère aîné, âgé alors de dix-huit ans, quitta Alger pour venir récupérer la petite famille. Le droit d'aînesse lui imposait la responsabilité de ses frères et sœurs. Lorsqu'il arriva à Sidi-Aïch, il commanda à son petit monde de préparer le baluchon pour une autre destination.

En route pour la gare de Sidi-Aïch pour Alger, un inconnu en guenilles les accosta. Après les avoir longtemps dévisagés, il leur lança des avertissements : "yiwen degwen, ar adyural ar Sidi-Aïch, ad yexdem s leqlem" (vous ne quitterez pas tout à fait Sidi-Aïch, un des vôtres reviendra travailler avec la plume). Arezki commença à réciter quelques versets coraniques pour éloigner l'inconnu en qui il croyait voir Satan, et ma mère observatrice, hasarda une question qui ne rassura guère le groupe : "a dadda dacu-t amahbul ayé" ? (mon frère, qu'est-ce que ce fou ?). Les pas se pressèrent sans se faire prier. Ils se hâtèrent de quitter la ville où habitent des personnages bibliques à mi-chemin entre le satan malicieux et le fou errant qui ne consulte pas les astres mais lit dans le regard des hommes. C'était la première fois que les enfants prenaient le train et les sueurs froides produites par l'apparition inattendue du vagabond furent vite dissipées. Seuls de grands yeux noirs et marrons découvraient la joie d'un voyage collectif dans ces compartiments toujours gorgés de voyageurs essentiellement paysans. La vitesse aussi fut très appréciée. C'était la première fois qu'ils goûtaient d'aussi près aux commodités de la modernité et du machinisme. Pour eux, une nouvelle ère commençait, celle de l'effort proscrit grâce au machinisme naissant, alors que les plus vieux, occupant encore les montagnes rocheuses qui sont de véritables forteresses, s'indignaient de l'invention humaine, et prônaient sans cesse la noblesse du travail qui facturait effort et amour. Beaucoup d'entre eux se résignèrent pendant longtemps à utiliser uniquement leur monture pour se déplacer. Peu faisaient confiance à cette machine humaine dans laquelle ils prédisaient la fin du monde, ils voyaient en elle une véritable ogresse, surtout lorsqu'elle s'époumonnait à siffler, et crachait la fumée noire qui pour eux était la cause de leur mauvaise récolte. C'était sur ce jugement erroné que se terminaient toutes discussions concernant le système écologique.

Arrivés à Alger, le petit groupe d'orphelins suivit pas à pas Arezki qui occupa un petit appartement dès l'exercice de son premier emploi. Dans ce petit quartier cohabitaient intelligemment Arabes, Juifs et Espagnols. D'après les souvenirs que j'ai recueillis, cet ensemble hétérogène vivait et pratiquait l'éducation collective, propre au milieu de cette époque. Le respect du plus jeune pour son aîné en était la base même. On craignait le reproche du voisin autant que celui du père. C'est pourquoi si les enfants désiraient se laisser aller à quelques écarts de conduite, ils allaient dare dare emprunter pour quelques heures un espace favorable à l'expression de leurs prouesses généralement violentes et virulentes. Dans ce quartier les enfants sympathisèrent avec une mama espagnole qui leur offrit son aide, surtout aux filles souvent attachées à ses jupons. C'est ainsi que ma mère et sa sœur découvrirent la langue et les goûts espagnols. Les petits Kabyles maitrisèrent assez vite l'arabe, qui était l'instrument indispensable pour ouvrir toute communication. Quelquefois, les mots leur faisaient défaut et ils avaient alors recours aux mimiques, où à des cocktails kabylo-arabes qui amusaient toute la ribambelle de gosses tapis commes des mouches dans un coin d'escalier, ou devant la dalle froide du coin de la rue, que les vieux avaient momentanément désertée.

Ma mère, sa sœur et ses frères ont encore conservé cet accent algérois qu'ils étalaient fièrement, surtout les filles, car c'est le seul paramètre qui permet de confirmer qu'elles ont bien eu de la chance d'avoir "cassé" l'habitude. La femme chez nous est vouée au cloître, et ses sorties sont chronologiquement inscrites dans le temps et dans l'espace. Elle ne sortira que deux fois dans sa vie, une fois le jour de son mariage pour se rendre voilée au domicile conjugal, et une dernière fois, toujours invisible, sous son linceul, pour rejoindre la demeure éternelle. C'est pourquoi les deux sœurs se targuèrent de cette expérience auprès de leur entourage féminin, excitant leur jalousie, prouvant ainsi qu'elles faisaient partie de cette race d'exception, d'avoir côtoyé le monde civilisé, ce qui peut paraître comme un point supplémentaire à leur maigre bagage personnel. Une femme kabyle venue de la montagne, maniant l'arabe avec une certaine aisance, était perçue comme une privilégiée rare, en fait c'était plutôt du snobisme. Subitement, les filles performantes étaient enviées par leurs consœurs. On mimait leurs gestes, enviait leur destin, si tragique soit-il ; on aimait à se rappeler sans cesse qu'elles avaient vu "lezzayer" (Alger). C'était un atout, un repère, qui pouvait être pris en considération dans la balance du mariage. La petite famille resta deux ans environ dans la capitale algérienne. Puis ce fut de nouveau l'exode. La guerre de 1939 vint déposer son trouble. Arezki fut appelé sous les drapeaux pour défendre la patrie française en danger. Il fit partie de cette longue liste d'hommes qui ont pris les armes et qui ont constitué les premiers bataillons contre l'ennemi nazi. Ces mêmes hommes qui ont offert leurs poitrines comme premières barricades, leur premier galon fut leur courage. Très peu sont revenus. Arezki eut plus de chance. Sa captivité le coupa pendant plusieurs années de sa famille qui le croyait mort. Il nous raconta plus tard toutes les cruautés subies par les prisonniers qui défendaient une mère patrie qui ne reconnaissait en rien le lien patrilinéaire qui les liait à elle. Propulsés par les événements de l'histoire, des grappes humaines d'Algériens s'étaient acharnées à défendre un territoire qui ne leur reconnaissait aucune citoyenneté.

Et l'Histoire n'a fait que murmurer leurs noms, trop nombreux, sur les quelques rares monuments aux morts. Peut-être aussi que la pierre aurait pu souffrir que l'on grave dans sa chair des noms étrangers tels que Mohand, Amar, Saïd, et bien d'autres encore, la liste est longue. Et c'est ainsi que l'Histoire et la pierre les ont perdus de leur mémoire. Fort heureusement, notre livre d'Histoire à nous, ainsi que nos cœurs, ne les ont point oubliés ; leurs noms, inscrits en lettres d'or, au Mémorial du Témoignage, crépitent désormais comme des étincelles dans un foyer toujours animé.

Quand je parle d'exode pour la petite famille, cela n'est pas très exact. Je devrais plutôt parler de retour vers la région d'origine. Puisque comme le veut la tradition, les enfants ainsi démunis de leur soutien furent récupérés par leur oncle paternel Saïd O'Znati à Oued-Amizour. D'après ce que j'ai pu retenir, Cheikh fut le personnage central de la vie de ces adolescents, tant il les aura marqués. Sa réputation de sage faisait écho bien au-delà de son village. Cheikh Saïd était un homme différent de son frère Mohand qui, lui, portait la dureté de nos montagnards : dureté dans les gestes, dans le regard ; presque tout chez lui rappelait l'animal à l'instinct primitif. L'effort ne l'a jamais découragé. On s'est toujours demandé ce que dissimulait cette énorme carcasse humaine. Sa démarche lourde reflétait son esprit, tout aussi lourd. Intolérant, têtu, il répondait toujours au nom de "nif" (dignité) et il était prêt à abattre des montagnes avec ses grosses mains noueuses et rugueuses que les durs travaux tantôt des champs, tantôt de maçonnerie, n'avaient guère épargnées. En quelque sorte, il reflétait toute la rigueur et l'hostilité de cette terre ingrate dans laquelle il fallait investir un maximum d'effort pour obtenir un produit minimum.

Cheikh Saïd représentait l'image opposée. C'était l'homme de lettres raffiné. Pour un homme de son époque, ses connaisances étaient assez avancées. Il possédait un capital en langue française et en arabe, ce qui le distinguait et l'honorait. C'était un homme de grande taille et fort comme son frère Mohand. Mais la nature avait été plus clémente avec Cheikh. Des traits fins, une peau blanche de Kabyle, et des études qui le maintiendront longtemps à l'ombre. Un vrai citadin, raffiné, aux mains longues et fines habituées à manier la plume et les livres. Ma mère hérita d'ailleurs de cette finesse. Il était devenu l'éducateur religieux de ses enfants et neveux. Presque tous les soirs, autour de lkânun (foyer à même le sol), des versets du Coran étaient étudiés, et l'histoire du prophète était contée, histoire à laquelle la nièce Lheldja portait un vif intérêt. C'est aussi peut-être pour cela qu'elle a su occuper très vite une place de choix dans le cœur de l'enseignant. Elle soulevait toujours des questions pertinentes quant à l'enseignement qu'elle recevait. Cet intérêt se transforma plus tard en un fanatisme religieux sans bornes, chose bizarre d'ailleurs, car Cheikh Saïd était loin d'être un fanatique. C'était un bon vivant, dynamique et qui dédramatisait toujours les situations les plus enchevêtrées. Un sourire infatigable et généreux éclairait son visage, attirant la sympathie et la confiance de ses croyants. Il était très souvent sollicité pour des arbitrages dans des conflits familiaux, des querelles de voisinage. Les marieuses venaient lui demander conseil sur leur choix éventuel. Mais à aucun moment de sa vie il n'a dénigré ou défavorisé une promise au détriment d'une autre.

Les relations qu'il entretenait avec ses enfants étaient excellentes, dignes d'un éducateur en avance sur son époque. Il n'a jamais eu besoin de distribuer des corrections, il suffisait qu'il élève la voix pour être craint et obéi. Même sa femme, Tounès, remerciait le ciel de la chance qu'il lui avait accordée. Elle aussi, par sa bonté, permit aux petits orphelins de conserver un excellent souvenir d'elle. C'était une femme juste, ce qui malgré tout est rare chez nous. Elle n'a jamais laissé apparaître l'ombre d'une préférence entre les enfants. Il est vrai aussi que l'attitude inverse aurait pu paraître paradoxale sous le toit d'un croyant, mais le chevauchement d'intimité de plusieurs membres d'une même famille conduit très souvent, chez nous, à la haine, à la jalousie bête et méchante, qui enveniment la relation de groupe et faussent tout rapport dans l'avenir. Tante Tounès a veillé à ce que l'éducation des filles reste dans le droit fil. Ce qui veut dire qu'il fallait les préparer à leur métier de mères et d'épouses. Elle ne rencontra aucune résistance chez ces vièrges pleinement obéissantes. Les cousins grandirent tous ensemble. Les garçons étaient beaucoup plus souvent au dehors. Les jeux, quelquefois violents, auxquels il s'adonnaient, engendraient des querelles avec leurs petits voisins juifs et kabyles. Et lorsqu'ils revenaient tout larmoyants, accusant les enfants de tous les maux, Cheikh Saïd, après plusieurs sommations décidait lui-même d'intervenir. C'est ainsi qu'il donna les premières leçons d'autodéfense aux enfants ahuris de voir ce géant gesticuler comme un fou dans sa gandoura. Aux premières secondes de démonstration, le regard perplexe, ils croyaient rêver. Mais ils durent vite se rendre à l'évidence. Lorsqu'il aligna les enfants, et qu'il leur ordonna à tour de rôle d'esquiver les premiers gestes de défense, en cas d'attaque surprise, les enfants ouvrirent de grands yeux. Ainsi, ce grand gaillard au sourire toujours présent, aux paroles toujours douces avait d'autres atouts qu'il avait longtemps dissimulés. Une fois remis de leur surprise, les enfants s'enfermèrent dans une pièce, et là, ils mimèrent à volonté la scène du professeur de judo que leur éducateur avait improvisée pour eux. Ali, malin comme un singe, avait revêtu une gandoura pour être plus près de la réalité. Leurs rires avaient attiré tante Tounès et les filles qui avaient abandonné leurs tâches pour en connaître la raison. Les rires se joignirent aux leurs. La scène prit alors un aspect théâtral. Les acteurs, encouragés, rejouèrent l'acte avec une plus grande liberté de mouvement, mais surtout avec une note d'exagération, ce qui donna un piquant certain à ce tableau vivant où couleurs et chaleur mêlées représentaient à merveille la réalité de notre quotidienneté. Bien souvent, ma mère nous racontait avec un sourire malicieux les espiègleries juvéniles que permettait l'imagination fertile de cet âge-là.

La rue était le désert des enfants de chez nous, et c'est là qu'ils cherchèrent, trouvèrent et acquirent le nécessaire indispensable qui les forgera plus tard. Dans cette rue, tout s'échange, rien n'est gratuit. C'était un véritable troc. La malice tint en éveil la méfiance et tout passa de main en main, les billes, les osselets. Pendant que les adolescents de la ville jouaient leur temps aux cartes, ceux de la montagne, tout en veillant sur le maigre troupeau, cherchaient vainement avec leurs doigts fluets mais déterminés, la note, juste et sûre qui deviendrait leur fidèle compagne, et qu'ils arrachaient avec obstination au roseau-flûte qui a pris forme dans leurs mains.

Pendant plusieurs années, les adolescents menèrent une

vie saine où la chaleur familiale ne faisait point défaut grâce à la bonne vigilance de Cheikh Saïd. Ils ne connurent même pas la frugalité de l'époque, car, dans la maison de Cheikh, tous les mets étaient présents, distribués par la générosité des villageois. Et dans toutes les occasions, mariage, décès, naissance ou circoncision, Cheikh était convié à la meilleure table ; en même temps, on n'oubliait jamais de faire la part de sa famille, que l'on remettait dans des "chouaris" (panier en raphia) ou des foulards, à son domicile. Même les offrandes venaient s'ajouter et s'empiler dans les nombreux "ayoufi" (jarres) de la maison de Cheikh qui à son tour offrait l'hospitalité et le gîte au premier mendiant.

II

L'ALLIANCE BRISEE

Arezki, après avoir survécu à la drôle de guerre, revint à Alger, pour s'occuper. Puis, ayant réussi à entasser quelques maigres économies, il épousa sa cousine. Il acheta une petite maison avec un morceau de terre attenant. Son retour se fit dans la région kabyle, tout près d'El-Kseur, où se trouvaient de vastes domaines tenus par des colons. Là il s'engagea comme ouvrier agricole. A partir de cet instant, la petite troupe connut sa dernière étape. Arezki reprit sous sa garde ses frères et sœurs, dans la mesure où sa femme pouvait lui apporter son concours pour assurer le maximum de tâches. Leur maison se trouvait à quelques kilomètres seulement de celle de Cheikh Saïd. La distance, reliant Oued-Amizour à Boukhalfa où ils élirent domicile, pouvait facilement être parcourue en une heure de temps, à pied sur le long et large chemin de piste. En été, la terre laissait entrevoir ses entrailles couleur cuivre, c'était un régal que d'y circuler, mis à part le nuage de poussière que soulevaient les quelques voitures qui s'y hasardaient. En hiver, les difficultés s'annonçaient avec la pluie. La piste se transformait alors en marécage. Les véhicules à deux roues renversaient la situation en se faisant porter sur le dos de leurs conducteurs qui rasaient le bord de la route comme des voleurs. Et lorsqu'une voiture se trouvait dans l'obligation d'emprunter cette piste, elle provoquait une véritable pluie de boue sur les autres usagers. Et d'un geste, du revers de leurs manches, les piétons fous furieux, essuyant la terre fade et collante, rugissaient de vives protestations à l'encontre de Dieu, du Diable, de l'archaïsme de leur existence dans ce pays misérable où tout est précarité.

La maison dans laquelle Arezki avait investi une partie de ses économies dut faire l'objet de quelques travaux. La femme de ce dernier, aidée de ses belles-sœurs, restaura la demeure avec goût. Le sol fut refait avec du torchis de bouse de vache et de brins de paille malaxés. La peinture des plinthes, le travail de plâtrage, ont été assurés par les femmes. Mohand, le cadet, dès qu'il eut l'assurance de ses propres ailes, émigra à Lyon, et ses envois de numéraire permirent à la grande joie d'Arezki, de regonfler la bourse familiale. Arezki, qui avait une mentalité paysanne, n'acceptait que difficilement de dénouer les cordons de la bourse. Son amour fébrile pour l'argent le détourna plus tard des siens.

Arezki eut le bonheur d'avoir, pour premier enfant, un garçon qu'il nomma Mokhtar, et qui fit la joie de Lâldja et de sa sœur Sahra. Mokhtar illustra leurs premiers cours de puériculture, et reçut toute l'affection dans laquelle les deux tantes l'enveloppèrent.

Pendant que le temps creusait sa route, les marieuses proposaient leurs contrats. Hassan, un jeune homme du voisinage, connu depuis longtemps déjà par la famille d'Arezki, au premier regard échangé avec ma mère, en tomba follement amoureux. Cet amour, il le tut longtemps jusqu'à l'âge adulte, jusqu'à ce que sa situation professionnelle lui permit d'espérer prendre femme.

Ma mère savait taire son regard, éteindre toute la flamme qui mangeait son cœur, pour ne pas éveiller les soupçons de l'entourage. Mais cet amour qu'elle éprouvait pour Hassan brûlait son cœur. Elle nous avoua vingt ans plus tard qu'elle avait aimé un homme : cette fois, le timbre de sa voix l'avait trahie. Elle entretenait avec lui des relations de simple voisinage. Ils se connaissaient depuis leur adolescence, il venait souvent prendre un café dans la courette, accompagné de sa mère. Ma mère, réputée pour son habileté lui tricota un pull-over rouge et elle conserva les deux pelotes qui lui restaient. Hassan était un bel homme raffiné, grand et fort ; son excellente formation de cuisinier le destinait à une grande carrière. Il travaillait en Suisse dans un grand hôtel connu des milieux d'affaires. Lorsqu'il vint demander la main de ma mère, toute la famille en fut honorée. Les langues des commères jalouses se délièrent. Bien sûr que c'était un bon parti. Bien sûr qu'ils formaient un beau couple. Quelle ne fut la joie des amoureux lorsque, après la réunion de famille, la délibération fut faite en leur faveur. La lecture à haute voix de la fatiha rapprocha leurs rêves. Et les bijoux offerts par le fiancé consolidèrent leur union. Malheureusement, tout cela n'est que puzzle et chez nous rien n'est gagné d'avance. La précarité de ce bonheur devait s'effondrer comme un château de sable. La cause est toute banale. La tante paternelle de ma mère, tante Taous, informée de la nouvelle, scandalisée, fit le déplacement Bougie-Boukhalfa pour venir s'interposer chez les contractants du futur mariage. Sur le champ, elle convoqua tous les siens. Le cercle de famille se réunit à nouveau, toutes les parties au contrat furent présentes, sauf l'intéressée (en l'occurrence ma mère) qui, tapie dans le coin de la pièce sombre, se demandait de quel côté de la balance son destin allait pencher, sachant que les poids et les mesures étaient détenus par les siens. A partir de ce jour, elle commença à goûter à l'amertume. Amti Taous commençait à demander à ses neveux présents s'ils étaient soudainement atteints d'une cécité quelconque. Comment avaient-ils pu conclure un tel marché avec autant de rapidité sans en mesurer les dangers ? Comment accepter qu'une de leur fille quitte la région pour s'installer dans une contrée lointaine ? Qui leur permettait d'affirmer que ce prétendant subviendrait aux besoins de Lâldja ? Elle leur rafraichit la mémoire par des exemples plus ou moins espacés dans le temps, où des hommes avaient amené leurs épouses en France, où celles-ci avaient vécu les souffrances de l'inadaptation, délaissées par leur époux. Ces exemples réels restent encore inscrits dans l'histoire. Le départ à l'étranger d'une de leurs filles ne pouvait que nuire à leur dignité. Comment une fille de leur tribu allait-elle côtoyer des gens démunis de toute moralité ? De son vivant, le père n'aurait jamais accepté une telle affaire. Actuellement, il devait se retourner dans sa tombe. Quel est le Kabyle qui ne connaît ou n'a entendu parler des mœurs décevantes des Européens ? Sa qualité oratoire, ses exemples authentiques, et sa démarche pleine d'équité émut l'assemblée et fit baisser la tête aux hommes. Il est vrai qu'à aucun moment, ils n'avaient abordé le problème sous cet angle. Et cette vieille femme, assise devant eux, à elle seule, a montré les éventuels dangers d'une sortie de territoire de l'une de leurs filles. Sa requête fut entendue, et sa plaidoirie entérinée. La vieille dame avait gagné. Elle savait d'avance que les éléments sur lesquels elle se basait ne pouvaient être que crédibles ; elle avait misé de plus sur ce grand respect qui fait s'incliner les jeunes devant les aînés. Derrière ce rapport de force, il y avait l'expérience et la maturité que seuls les vieux de notre cité ont acquis avec le poids de l'âge. Forte de sa personnalité, elle avait réussi ce coup d'Etat par cette parole sacro-sainte, cette oralité qui depuis des siècles et des siècles demeurait la monnaie d'échange, la valeur intrinsèque de cette société tribale qui fonctionnait sur le code de l'honneur et de la dignité. Cet honneur et cette dignité, si fragiles, étaient suspendus aux lèvres de chacun et, pour un mot désobligeant, le sang coulait à flots : c'était cela la légitime défense pour laver l'affront et punir l'offenseur. De temps en temps, tante Taouès, d'un geste prophétique, brandissait son bâton de pèlerin qu'elle avait ramené de la Mecque, comme pour mieux mettre en exergue ses revendications. Connaissant l'attachement fétichiste à tout objet provenant d'un lieu saint, elle voulait surtout prendre à témoin ce bout de bois qui lui servait d'intermédiaire entre elle et Allah. Quiconque s'aviserait de désobéir devant un témoin aussi redoutable récolterait toute la foudre et les éclairs du ciel. Elle avait le beau rôle "lhadja" (la pèlerine), sa politique d'intimidation connut un vif succès. Aucun Kabyle, si courageux soit-il, n'aurait osé remettre en cause la parole d'une personne qui a foulé la "Terre Sainte". Car un pèlerin dès son retour est toujours craint, et cette crainte est auréolée d'un respect qui le mandate d'un pouvoir divin. L'intervention de lhadja fut désormais mentionnée dans l'histoire familiale et fut fixée comme une photo dans un album. Et ses mots eurent autant de poids que des écrits de textes fondamentaux. Ce qui dominait dans son discours, c'était un appel à la conviction, arme dissuasive qui a porté ses fruits.

Lorsque Hassan fut informé du coup de théâtre, il se précipita tel un éclair chez les responsables mâles de sa fiancée. Il exigeait des explications, criant, gesticulant comme un déchaîné dans une arène. Face à son obstination, son audace, seuls des murmures et des têtes baissées lui firent écho. Son discours était seulement basé sur "nif w argaz" (dignité de l'homme) "awal w argaz" (la parole d'un homme), thèse sacrée et largement entretenue dans les esprits. Puis Arezki se décida à formuler quelques explications devant le malaise général qui régnait, et la pitié qu'imposait Hassan. Sa blessure l'obligea à manifester une grande exubérance ; lui si calme, si posé, devenait soudain un feu follet agité par le désarroi. Alors doucement, sans croiser son regard, Arezki formula timidement que, grâce à la clairvoyance de leur tante, qui avait soulevé des détails pertinents auxquels eux-mêmes n'avaient pas pensé, il n'était plus possible de lui accorder la main de leur sœur. Puisque ce mariage imposait l'exil à la jeune promise. L'exil est craint comme la mort. Il a, à son tour, ressassé les différents exemples de jeunes filles de la région qui ont suivi leurs époux à l'étranger, tous ces départs se sont soldés par l'échec. Hassan fut soudain figé, son grand corps laissa échapper un rire claquant à la limite d'un cri, un cri de bête. Plus tard, les voisines à l'écoute de la tragédie avouèrent qu'elles en avaient eu le frisson. Un frisson qui glace le corps et s'inscrit dans le cœur. Ce frisson qui arrache les larmes malgré soi. Hassan se précipita vers la porte extérieure, il revint quelques instants plus tard, accompagné de Cheikh qu'il tenait fortement par le bras, craignant de l'égarer car il venait de l'arracher à ses occupations. Celui-ci avait déjà sur les lèvres quelques sourates du Coran et lorsqu'il se trouva face à un public d'hommes, il défroissa sa djellaba dont une de ses mains avait retenu l'ampleur pendant la course folle imposée par la blessure de Hassan : il réajusta son turban, et dans un geste d'imploration, il éleva les mains au niveau de sa poitrine et s'adressa à l'assemblée qui l'écoutait, muette. Hassan était rongé par la douleur : des gouttes d'eau perlèrent sur son beau visage, ses yeux étaient voilés par la rage, le désespoir, l'humiliation aussi. Dans sa main droite, il tenait crispé le livre sacré des hommes fidèles à la parole donnée, à la parole écrite. Il leva le Coran, prit à témoin Cheikh et les écrits sacrés, et s'engagea solennellement à se conduire en homme digne à l'étranger avec sa future épouse. Il jura qu'elle ne connaîtrait nullement le goût amer de l'insécurité, ou d'une carence quelconque : il affirma qu'il servirait de barrière entre elle et le vent et la pluie qui voudraient l'effleurer. Il promit même un retour régulier vers le pays d'origine ; il poussa même l'audace jusqu'à prévoir une situation conflictuelle pour laquelle il préconisait une séparation dans les meilleures conditions après le retour au sein de la famille. Non ! lui, c'était un homme, un vrai ! qui avait le sens de l'honneur lorsqu'il s'engageait dans un contrat. Il ne fallait pas comparer avec l'incomparable. Il était différent des autres qui avaient sali et imposé la généralité malsaine dans la mémoire des hommes du village. Non, ce n'est plus son cœur qui parle, mais la raison de son cœur qui, en quelques instants, a fait de lui un homme mutilé par la douleur de l'injustice, de l'incompréhension. Une bêtise aveugle qui a étiqueté tous les hommes dans un même compartiment, ignorant même que la qualité restant, si minime soit-elle, mérite d'être entendue, d'être reconnue. De sa vie d'homme, Hassan n'avait jamais été aussi impudique : crier et parler de son amour en public, avec autant d'ardeur, est chose rare chez nous. Il jouait sa dernière carte, conscient qu'il pouvait tout gagner ou tout perdre. Mais aucun des membres constituant l'assemblée n'était prêt à revenir sur la décision prise au préalable, sur l'ordonnance expresse de la tante. Devant la solide fermeté du cercle des hommes assis en tailleur, seuls

Cheikh et Hassan étaient debout ; cette verticalité entre le ciel et la terre n'avait point attiré le miracle. Ni la présence d'un homme de foi, ni la douleur aiguë de Hassan n'avaient ébranlé le vieux rite de l'univers. Nulle étoile n'avait fugué pour pommader la cicatrice de ce dernier, pas même le vent n'avait happé ses larmes amères. Alors, lentement, dans un geste de combattant vaincu, il remit le Coran à Cheikh, tourna le dos au monde immonde qui n'a jamais pu soutenir son regard, avant de claquer la porte : un dernier râle se fit entendre "a ddin Rreb" (putain de Dieu). Cet écart de langage fit sursauter les hommes.

C'est un sujet qui fut largement exploité par les gens du quartier. Dans les maisons, les femmes n'avaient que ce fait pour alimenter leurs discussions, ce qui les rendait moins monotones, et apportait un peu de piquant à leur vie. Dans les coins de rue, les adolescents amassés en troupeau commentaient tour à tour la triste affaire. Certains même, troublés, s'identifièrent à Hassan. Leurs gestes laissaient échapper la violence de leurs émotions. Tadjmaât n'était pas exclue de ces commentaires. Seulement les explications se faisaient à voix basse d'une manière plus posée, puisque nous avions affaire à des adultes, et le lieu ne prédisposait point à quelque oraison orageuse. Et les plus sages, se couvrant de leur capuchon, ne voulant point conjurer la fatalité, laissèrent échapper de leurs bouches édentées "d lmektoub" (c'est le destin). Ils laissaient sa destinée à l'histoire. Rivaliser avec l'écrit, c'est se déclarer ennemi de Dieu. Qui voudrait bien rivaliser avec Dieu ? C'est ainsi que fonctionnaient les têtes brûlées de nos vieillards, et c'est ainsi que le moindre obstacle devenait insurmontable, que les barrières se baissaient sans cesse : ainsi, chaque jour, le fleuve dévie à sa guise sans qu'une solution soit apportée, car le fatalisme est le poids incommensurable de cette tradition culturelle. Les bouches se sont tues, quelques larmes échappées de leur abri vinrent mourir dans le creux d'une manche ou d'une main. Les fossoyeurs du rêve n'ont laissé derrière eux que la poussière d'un silence funéraire. Dans la mai... d'Arezki, les regards s'évitèrent, la communication fut rédui...

au minimum. Les gazouillis de Mokhtar furent un appel à la vie : il réussit chaque fois à arracher à ces visages mortifiés par la douleur un sourire crispé et en même temps évanescent. Les frous-frous des longues robes des femmes se faisaient entendre dans leur démarche furtive. Pendant des jours et des jours, une atmosphère vint habiter l'espace. Un malaise général se solidifiait, se cristallisait, et tous furent désarmés devant l'incapacité de rompre cette glace.

De temps à autre, la mère de Hassan venait rendre visite aux femmes, les yeux fardés par une certaine braise : la démarche chancelante, d'une voix laconique, elle mâchait des mots avec parcimonie. Et lorsque son regard croisait celui de ma mère, son visage s'inondait, frappé par une pluie de grêle incontrôlée. Ravivant ainsi la blessure comme pour mieux la maintenir dans le registre du présent.

Les mois passèrent. Les larmes se sont taries, discrètes et résignées, mais la cicatrice qui a brûlé les cœurs demeure forte et imposante. Hassan hurlait à qui voulait l'entendre que, de toute manière, il trouverait un moyen de kidnapper sa fiancée. Elle était à lui et à personne d'autre. Malgré les sages conseils de ses proches et ceux de Cheikh sa blessure demeurait sourde à toute concession. Mais la conduite la plus difficile à tenir, dictée par les règles kabyles, fut imposée à ma mère. Chacun connaissait le ver qui la rongeait dans son for intérieur, mais à aucun moment elle n'a affiché une douleur quelconque, car cela aurait pu paraître incongru, elle vaquait à ses occupations avec indifférence. Diable, elle avait son étiquette à défendre ! Sa résignation, son silence étaient les garanties de son honorabilité, et de sa bonne éducation. Les femmes martyrs sont toujours vénérées, citées en exemple. Elle n'avait donc aucun intérêt à tenter un acte subversif. Les hommes de chez nous préfèrent de loin la femme résignée et silencieuse à la combattante intelligente. Et ce silence, cette inertie qu'ils attendent de la femme est le témoignage d'un refus essentiel : celui que la femme existe.

Ma mère, quel a été le prix de ta conduite ? Tes nuits

blanches et les palpitations de ton cœur resteront des ombres muettes, t'élevant ainsi au rang d'humain.

La vie continuait son train-train quotidien, la naissance de Djéma, deuxième enfant d'Arezki vint apporter un peu d'agrément à cette monotonie repliée sur la douleur. Ma mère n'a pas poussé le traditionnel youyou car c'était la naissance d'une petite fille. Alors que pour la naissance de Mokhtar elle outrepassa la tradition en poussant le cri de joie bien avant que le cordon ne soit coupé. Sa joie et sa jeunesse ont fait l'objet d'excuses que le cercle de matrones et la parturiente ont bien voulu accorder.

Deux ans plus tard, elle fut demandée en mariage par Khoudir O'Mansour, un fils de berger, berger lui-même, employé à la garde de troupeaux chez les fellahs plus fortunés. Il assura ce gardiennage jusqu'à l'âge de quatorze ans. Plus tard, il fut employé comme ouvrier agricole chez des colons. Sa position sociale était nettement inférieure à celle de sa fiancée. Mais un accord tacite fut rapidement conclu par les deux familles. Ce qui fit jaser, une fois de plus, tout le quartier. Les vieilles animosités ainsi que les blessures non refermées se réveillèrent. Hassan se manifesta de nouveau : cette fois-ci il se fit menaçant. Il promit la mort au prétendant ; les esprits s'échauffèrent et la raison s'indigna. Les proches de Hassan, connaissant son exubérance, et sa fermeté à réaliser tous ses projets, s'engagèrent dans une étroite et discrète surveillance.

Ainsi, ce dernier avait suivi mon père dans la montagne. Depuis longtemps Hassan avait épié ses allées et venues, avait pris connaissance de son emploi du temps. A la lisière d'un bois, enfoui derrière des buissons, il se jeta sur mon père, surpris de l'agression inattendue. Au moment de la réplique, deux ombres surgirent, ce qui fit redoubler de crainte Khoudir croyant à une attaque organisée. Mais quelle ne fut sa surprise lorsque les deux ombres s'acharnèrent à calmer le grand corps de Hassan qui se débattait comme un beau diable. Mon père et Hassan s'observèrent. Ce dernier lui adressa la parole pour la première et la dernière fois "Ekkes afus-ik-fellas" (retire ta demande en mariage). Encore une suite à ce feuilleton sans fin inscrit par une plume amère sur la pierre d'un destin stérile. La famille, en quête d'une délivrance, devint le point de mire de toute cette mini-société constituée par la fourmilière des gens du quartier, décida de couper court à cette situation qui faisait d'eux l'objet de racontars en points de suspension. Une nécessité absolue s'imposait : remédier à tout ce mal qui rongeait le cœur et l'esprit. C'est ainsi qu'un mariage fut hâtivement décidé dans l'unique espoir d'apaiser, ou du moins d'atténuer l'ire humiliante de Hassan et de décourager son comportement agressif. C'est ainsi que Lheldja enveloppée d'un burnous blanc fut conduite sur le dos d'un mulet de Boukhalfa jusqu'à Ahemame. La cérémonie se déroula dans la stricte simplicité. Sa belle-mère organisa le tout avec une parfaite avarice, ne dénouant sa bourse qu'au moment critique. Accueillir une belle-fille avec trompettes et tambourins serait lui accorder une grande place d'honneur, et l'élever au rang de princesse, ce qui aurait été un mirage certain, teinté d'une illusion sans précédent, quand on connaît les sournoiseries mesquines et sans pitié que les belles-mères réservent à leurs brus. Chacun s'évertuait à rappeler à la belle-famille la chance d'amener sous leur toit une fille issue de l'honneur, d'un rang enviable. Et c'est dans cet abreuvoir de compliments lancés par les envieux que ma grand-mère décida traitreusement de tatouer le début du destin de ma mère ; et, en même temps, elle éclaboussa notre mémoire à nous tous qui recueillerons fidèlement les faits et gestes de cette triste période, tournant décisif dans notre histoire.

Ma mère conserve encore dans sa garde-robe des robes découpées dans du lamé : certaines ont été offertes par son oncle Youssef ; elles ont été taillées à la hâte, juste faufilées, pas toujours cousues. Le tissu offert par sa belle-mère lors de la demande en mariage était de mauvaise qualité. Même s'il paraissait éblouissant, ce n'était là qu'un aspect trompeur. Sa qualité fut dévalorisée dès les premiers lavages dans lesquels il perdit toute forme et toute couleur. Tout s'évanouit et disparut comme un rêve que l'on caresse dans le sommeil. "Mebrouk tasekkourt-n-wen" (félicitations pour la perdrix que vous avez apportée). C'était le compliment rituel que les convives adressaient à la belle-famille. Mais ma grand-mère avait un esprit machiavélique et elle avait décidé très vite d'éjecter ma mère du trône de perdrix pour l'humilier et l'installer dans une niche. Une grande maladresse s'était produite durant la cérémonie. Le marié s'était présenté vêtu d'un bleu de coutil. Mon père ne disposait pas de son salaire, c'était sa mère qui, tous les mois, empochait sa solde. Même le grand-père avait droit au même régime. Ma grand-mère était une forte personnalité, elle orchestrait, gérait, commandait tout mouvement et toute vie dans la maison. C'est ainsi qu'elle laissa sciemment son fils se présenter dans une telle tenue. L'oncle paternel de mon père, qui connaissait le prix de l'honneur s'engagea dans l'achat d'un complet décent et de circonstance. Cette maladresse là, ma mère ne la pardonnera jamais à mon père. Et dans leurs nombreuses disputes, elle lui rappellera la honte qui a encore délié les langues. Elle dénoncera longtemps cette erreur, la présentant à chaque fois comme une tare trop visible que le temps ne peut effacer. Ma grand-mère avait décidé de taxer très fort le succès que ma mère avait remporté auprès de la famille. Elle ne lui pardonna jamais sa jeunesse, sa beauté, ses qualités de maîtresse de maison, et son rang social plus élevé que le sien. Elle leva toute la haine du monde contre sa bru, encouragea et força tous les siens à cette conduite. Sous son toit, deux de ses enfants refusèrent de la suivre dans cette démarche diabolique. Son fils Brahim, lui, s'opposa ouvertement à sa mère. Il alla jusqu'à lui reprocher sa bêtise et sa méchanceté démesurée. Pour lui, sa belle-sœur avait droit à sa part d'égalité, au même titre que les autres membres de la famille. Il a manifesté verbalement sa position, parce qu'il a la chance, dans cette société, d'être né homme. Il s'est exprimé comme a le droit de s'exprimer n'importe quel homme de chez nous. L'expression masculine est un droit coutumier dont Brahim a bien usé, même si, par la suite, ses dires ou objections demeurèrent étouffés. La deuxième personne à refuser la dureté de sa mère fut sa fiile, Halima, sérieusement encouragée par la tante paternelle. Mais Halima dut faire preuve de ruse et de prudence. Toute l'aide précieuse qu'elle pouvait apporter à sa belle-sœur devait se faire dans la plus grande discrétion, à l'abri des regards et des oreilles de ses autres sœurs qui veillaient nuit et jour, comme des hyènes, et qui pouvaient prévenir la mère matrone des moindres faits et gestes contraires au bon fonctionnement du code immoral qu'elle avait édicté. Très vite, entre les deux femmes naquit une complicité secrète arrachée aux ténèbres de la maison, qui les unit dans le plus profond silence. Et pour tous remerciements, ma mère légua sans équivoque le lourd et précieux héritage des qualités de maîtresse de maison tant valorisé chez nous. Halima sut faire preuve d'attention à tous les enseignements que ma mère lui communiquait. Je les ai vues ensemble s'affairer autour de lkânoun, doser et surveiller le mijotage d'une sauce. Assises en tailleur, la bassine de bois "tazéouna" entre les jambes, elles pétrissaient la galette du repas, ou elles préparaient la pâte feuilletée pour les beignets. Et lorsque dans la petite tête de Halima s'inscrivait l'incertitude, elle relevait tout son corps et se penchait, interrogative, vers la formatrice "nniγ akka a nanna ?" (c'est bien comme cela, a nanna). Ce terme de "nanna" que l'on réserve aux aînées auxquelles on marque le respect incommodait ma grand-mère ; elle interprétait cela comme un trop plein de considération envers sa bru. Après une vive explication avec sa mère, Halima répliqua que de toute façon, il fallait bien l'appeler par un nom. Celle-ci lui rétorqua "aγras taqjunt" (appelle-la chienne).

III

LES ANNEES DE BRAISE

Dès que mes yeux encore pleins d'innocence s'ouvrirent sur le monde, ce fut pour découvrir la bestialité et la méchanceté des hommes. La guerre d'Algérie venait de lever le rideau sur une scène sanglante et avec une échéance indéterminée. Sur cette scène, les acteurs des deux camps se battaient avec violence. Les uns s'appliquaient à rester maîtres sur le terrain, désireux d'assurer leur hégémonie ; et les autres, las d'un siècle d'injustices, s'acharnaient à prendre leur liberté, en gommant de leur statut la notion de sujet. Et cette mésentente conflictuelle vint alourdir le poids de notre existence. Car si auparavant nous ne représentions que des bouches à nourrir, maintenant nous étions des corps qui devions essayer de survivre. La méchanceté de notre grand-mère ajoutée aux absurdités de la guerre ne tempérait en rien notre vie misérable. Les perquisitions étaient fréquentes, à toute heure de la journée ou de la nuit, des soldats aux gestes nerveux venaient fouiller notre intimité. Leurs arrivées inopinées et leurs départs bruyants étaient toujours accompagnés de cris de femmes comme pour nous prévenir d'un malheur ou alerter la mémoire humaine qui devait se tenir en éveil. J'ai vu beaucoup de soldats dépouiller les humbles maisons. Ils brandissaient à bout de bras leur trophée de guerre. Les couvertures et le bijoux kabyles constituèrent leurs premiers butins. Mais ces actes ne s'arrêtèrent pas là. Avec la mobilisation beaucoup d'hommes étaient partis rejoindre et grossir l'effectif des Moujahidine, d'autres assuraient leur combat à l'extérieur, en France, et en particulier à Paris où un mouvement de militants s'était organisé. Désertant ainsi leur foyer pour défendre leur cause, ils avaient confié leurs femmes, mères, ou filles à des vieillards ou à des jeunes de sexe mâle chargés d'assurer la régence de ce groupe de femmes et d'enfants que la guerre injuste privait de proches masculins : la culture traditionnelle les considérait comme une force protectrice, un palliatif à toute tentative de comportements et de modes nouveaux, contraires au respect du code ancestral. Chaque fois qu'un militant succombait, la toiture de la maison s'écroulait. Souvent, les troupes occidentales avaient beaucoup choqué la population kabyle, surtout lorsqu'elles s'adonnaient aux actes les plus horribles tels que les viols collectifs, ou les agressions que les femmes enceintes subissaient.

Car dans les représentations kabyles, la femme symbolise l'intimité de l'intérieur de la maison qu'elle doit impérativement voiler. Et dès qu'un soldat pénètre dans cet espace c'est non seulement la maisonnée qui est violée mais tout le village. Et l'honneur kabyle qui se conjugue au masculin exige qu'il serve de clôture pour protéger cette intimité. La femme étant le nombril du foyer et l'homme la clôture, dès que la première est exposée aux regards d'autrui, c'est l'homme qui est atteint dans sa virilité. Blessure narcissique d'autant plus profonde que l'autodéfense est suicidaire, car se révolter contre toute une armée est pure perte. Et c'est pour cela que les mentalités kabyles ne pouvaient accepter de tels agissements. Ce qui est d'autant plus traumatisant, c'est qu'une femme violée est non seulement victime, mais aussi la cause de ce déshonneur qui obligera les hommes de l'entourage à baisser la tête à la djemaâ, où ils n'oseront plus prendre la parole, car leur dignité et honneur d'homme se trouvent tachés, salis à jamais.

Au début des premiers combats, nous eûmes droit à la visite des soldats de couleur. Ils étaient violents. Et je me souviens encore de ces armes reçues qu'il fallait transmettre à des moujahidine. Juste le temps d'assurer une cachette sûre, des pneus crissèrent devant la porte fermée. Mon grand-père était absent, ma mère ouvrit la porte mais pas assez vite, ce qui avait exacerbé l'impatience des soldats. Sans avertissement, ils lui assénèrent un coup de crosse au front. Le sang a giclé. J'ai hurlé "a yemma" (maman). Aujourd'hui, elle conserve son tatouage indélébile sur le front que des années de réconciliation et les poignées de mains amicales échangées n'ont en rien effacé. D'autres belles-mères plus avisées craignaient pour l'honneur de leurs brus. Dès qu'elles reconnaissaient le bruit les informant de l'arrivée des soldats, elles dissimulaient leurs belles-filles dans des caches secrètes qui avaient échappé au contrôle des militaires. Certaines femmes s'enlaidissaient le visage de boue pour décourager les soldats trop pleins de désirs. J'ai souvenir de ces femmes qui relataient les viols de petites filles de douze ans à peine, qui poussaient des hurlements à déchirer l'humanité. Chacun craignait pour sa femme, sa fille, sa sœur.

Après de rudes combats engagés entre l'armée et les moujahidine, cette première décida la vengeance froide. Elle misait surtout sur le découragement psychologique de la population, connaissant parfaitement l'attachement à ses valeurs. Un matin, tôt, nous avons été réveillés par des cris et des coups de feu. Même les vieilles femmes n'ont pas été épargnées. Quelques femmes, les plus belles, dont certaines de jeunes vierges, ont fait l'objet de sélection pour le bordel de la caserne. Il parait même que la plus récalcitrante a été sérieusement torturée, attachée à un poteau de la cour de la caserne à la libre disposition des soldats. Après quelques jours de torture morale et physique certaines ont été relâchées, d'autres n'ont jamais réintégré leur domicile ; pour elles il était inconcevable de se présenter déshonorées devant les leurs. Leur seule fuite c'était encore la mort. Doublement victimes, ces femmes aujourd'hui n'ont même pas un droit de cité, elles n'ont même pas été reconnues pour l'édification d'un mémorial qui attesterait non seulement de leur participation active, mais de cette torture abusive due au seul fait, qu'entre leurs jambes habite un vagin qui incite aux pires agressions. Quand je réveille ces instants, leurs cris de souffrance me figent le corps.

Les représailles de part et d'autre tombaient, raides comme des couperets. D'un côté, l'armée arrêtait, torturait, elle était maîtresse sur le terrain, et de l'autre le F L N qui dans un appel à la solidarité étalait ses menaces en cas d'insoumission. C'est ainsi que les moujahidine pour donner l'exemple supprimaient les collaborateurs. Le matin on les retrouvait pendus à un arbre, après avoir été mutilés. Pour ceux qui avaient manqué à l'honneur, leur nez était sectionné, ou quelquefois leurs parties. A la vue de la mutilation il était possible de faire une lecture du procès de la condamnation. Et c'est pour cela que la peur nous gagnait, nous les plus petits, nous nous méfiions, nous nous épiions. En chacun de nous on soupçonnait un indicateur, un traitre que nous savions récompensé par l'armée.

Je tremblais d'autant plus que ma mère se servait de moi pour cacher les armes de petit calibre sous mes jupons. Elle profitait de l'aubaine due à la négligence des soldats qui exemptaient de fouille les enfants. Et je craignais toujours à l'avance que mes petits camarades ne dénonçent ma complicité avec les rebelles. Dans mon esprit d'enfant, cela prenait des proportions démesurées, ce qui hantait mes nuits et me réduisait au mutisme. Un jour, j'avais décidé de m'aventurer en dehors des limites définies par le jardin de mon grand-père. J'arrivais donc à un endroit légèrement en pente, et j'explorais les lieux ; une étoffe attira mon attention. Au fur et à mesure que j'approchais, l'image se précisait. Il y avait une mare de sang dans laquelle baignait l'extrémité d'un turban, tout autour gisaient quelles balles perdues. Règlement de comptes ? Embuscade ? Ces hypothèses bousculèrent mon esprit. Prise de panique, je n'ai eu que le temps de mesurer ma solitude sur le lieu désertique. Mes jambes devinrent tout à coup ailées et me transportèrent toute essoufflée devant la maison de mon grand-père. Dans l'élan qui m'emportait, j'ouvris la porte avec violence, les bras en avant. Ma mère avait su lire dans mon regard hébété ; terrorisée, je me tenais ankylosée devant elle, essayant tant bien que mal de reprendre mon souffle. Mais la décharge émotionnelle a laissé trop de symptômes dans mon regard apeuré et sur mon corps glacé. "daçu ? " (que se passe-t-il ?). La question de ma mère ne trouvera pas de réponse. Je n'avais plus la force de parler, de bouger. Juste le temps de m'assoir par terre et d'appuyer le haut de mon corps contre le mur qui enregistrait toutes mes pulsations encore chaudes. Je craignais trop les représailles et les tortures physiques dont nous menaçaient les maquisards en cas de dénonciation. Je m'enfermais dans un mutisme complet pour mieux m'emmurer de protection. Un instant, j'avais fermé les yeux. Et j'ai imaginé l'horreur d'un visage sans langue sans nez. J'avais revu le turban qui baignait dans le sang. J'ai été prise de nausées soudaines que j'ai réprimées en les refoulant. Tout devait rester profondément enfoui au fond de mon être afin de n'éveiller aucun soupçon et d'assurer ma survie. C'était ainsi que fonctionnait mon esprit d'enfant. Le soir, lorsque le repas fut servi, je n'ai pas participé au cercle de famille. Je regardais encore longtemps les cuillères pleines de sauce rouge fumante, faisant la navette entre le plat disposé au centre et les bouches entr'ouvertes. A nouveau je devais étouffer des renvois successifs alternés de goûts aigres et amers. Je n'avais qu'une seule hâte, c'était que ma mère se dirige vers la chambre et étale les peaux de moutons, les nattes et les couvertures de laine qui constituaient notre literie. Dès que son ombre se dirigea vers la pièce, le soulagement me gagna. Je me précipitais dans ma couche, ce qui intriguait beaucoup ma mère, car cela ne faisait guère partie de mes habitudes. Dans un demi-sommeil, je feignis de dormir, sous le poids de mes paupières lourdes. Puis le marchand de sable m'aveugla et ce fut la nuit noire. Au réveil, je ne me souvenais d'aucun rêve, et pourtant ma tête restait lourde, et ma bouche pâteuse. J'avais entendu ma mère qui s'inquiétait de mon état auprès de ma grand-mère, précisant que j'avais passé toute la nuit à délirer, à pousser des hurlements et que mon corps était rongé par la fièvre. Maintenant je comprends pourquoi j'étais couverte plus chaudement. Tout mon corps était engourdi, et je devais quitter ma couche avant que ma paresse ne cause de nouvelles inquiétudes à ma mère. Une fois levée, je m'étais difficilement dirigée vers la cour où se trouvait le point d'eau, entre la réserve d'eau et la rigole qui laisse échapper les eaux usées. J'avais beaucoup de mal à m'accroupir et tenir la petite boîte cylindrique en métal contenant la quantité d'eau nécessaire pour se débarbouiller. Une fois lavée, je regagnais le foyer où "lkanoun" supportait une cafetière bleue. Ma mère versa du lait dans un verre que le café chaud vint colorer. Avant de me tendre le verre, elle dissout elle-même le sucre, ce qui était exclu de ses gestes coutumiers. Mais j'avais compris ; pendant ce temps, elle posait sur moi un regard interrogateur, cherchant à deviner les indices révélateurs de cette nuit agitée. A aucun moment je n'avais soutenu son regard, de crainte qu'elle ne me happe quelques secrets qui auraient pu causer ma mort. La crainte des représailles était trop fortement tatouée en moi pour que ma langue se délie. "A yemma",inutile d'insister, tu ne sauras jamais ! Malgré le temps passé, effacé, j'emporterais cette vision horrible en moi dans la tombe. Ce jour-là, je n'avais pas voulu trop flâner dans la courette pour ne pas paraître suspecte aux yeux des miens. Et je me suis fixée pour toute limite géographique le pâté de notre maison, avec au bout, cette ruelle vaillamment fréquentée par les habitants du quartier.

Les jours se succèdent et se ressemblent, ponctués par les perquisitions brutales des soldats. Ajoutée à cela, la méchanceté démesurée de ma grand-mère nous maintenait dans un climat continuel d'insécurité. D'un côté, nous craignions la force coriace et bien organisée de l'armée française, de l'autre, la bêtise humaine d'une femme inhumaine. Et c'est bien son inconscience qui a engendré sa bêtise. Souvent ma sœur et moi faisions l'objet de ses colères incontrôlées, qui n'avaient aucune raison de naître. Plus d'une fois, j'ai vu les éclairs que peut provoquer une violente gifle non méritée. Plus d'une fois nous lui avions laissé une touffe de cheveux dans les mains, et le cuir chevelu a tellement rougi qu'il en aurait hurlé. Ma mère pinçait les lèvres devant toutes ces réprimandes injustes, et lorsque nos pleurs devenaient trop rapprochés, son amour de mère l'obligeait à intervenir, et cela se terminait dans des scènes houleuses. Toutes les oreilles voisines enregistraient les algarades et la voix tonitruante de la grand-mère réputée pour être une femme sans gêne et sans foi.

Certaines femmes ne trouvaient d'autres explications à ses faits et gestes immoraux que dans son esprit païen. Grand-mère jubilait lorsqu'elle pouvait déclencher une dispute entre mes parents. Et les occasions étaient nombreuses. Un jour, j'entrai dans le patio. Mon père déchargeait l'âne des jarres d'eau, ma mère pétrissait la galette dans la bassine de bois juchée sur le banc de pierre ; ma grand-mère se tenait à leur gauche, et du dehors, sa voix me donna le signal d'une tempête orageuse. J'ignore encore le motif de leur dispute, mais ma grand-mère portait une lourde responsabilité, car comme à l'accoutumée, elle avait l'art de raviver la braise éteinte et d'en parsemer les étincelles. Mes parents, chacun occupé à sa tâche, échangèrent des paroles venimeuses. Soudain mon père délaissa ses jarres pour mieux s'occuper de ma mère. Il l'empoigna par la tête et lui arracha les deux boucles d'oreilles en argent, son visage fut soudain éclaboussé d'un filet de sang et c'est à cet instant que mes cris de peur s'ajoutèrent à la douleur de ma mère. Elle se tint la tête entre les mains, toute gémissante, tapie contre le mur marmonnant "xah felli" (pauvre de moi) et je n'ai eu que le temps de surprendre le sourire de satisfaction généreusement bavé par l'horrible sorcière, maîtresse de ces lieux.

Malgré l'insécurité et la violence de tout ordre qui régnait, les enfants trouvaient refuge dans leurs jeux, alors que les adultes plus conscients de la gravité de l'heure et de leur implication paniquaient à la moindre alerte. Nos jeux étaient simples. Nous fabriquions nous-mêmes nos jouets. Quelquefois aidés par une mère attentive ou une sœur aînée, les petites filles obtenaient des poupées de chiffons. Les garçons, plus adroits, confectionnaient des roues avec des fils de fer récupérés dans le tas de fumier, quant à la boîte métallique, elle venait tout droit de leur domicile, car chaque famille consommait du lait concentré liquide. Cette boite d'ailleurs trouvait plusieurs usages et c'étaient toujours les mêmes dans chaque foyer. On l'utilisait pour puiser l'eau de la jarre, pour sa toilette, les plus vieux la déposaient toujours dans un coin à l'écart pour leurs ablutions au moment de la prière. D'autres fois, elle servait d'instrument de mesure pour la farine, la semoule ou la lessive en poudre. Il était donc facile d'accaparer un tel objet.

Il y avait des périodes pour chaque jeu, d'ailleurs varié. On commençait par le jeu des osselets. Tout le long du chemin on pistait toute pierraille blanche, que l'on arrachait au sol. On les choisissait ronds et si possible de formes égales. A pleines poignées, on les lavait à la fontaine, on les laissait sécher au soleil. C'était un des rares jeux mixtes où filles et garçons se mesuraient, alors que le jeu de billes était réservé aux porteurs de culottes. Les plus chanceux et les plus habiles rentraient le soir le visage rouge, sillonné par des empreintes de sueur couleur poussière. Leurs poches pleines à craquer de leurs gains faisaient apparaître un sourire de satisfaction et de fierté chez les mères attendries, devant la hardiesse de leurs bambins. Ils étaient ainsi dispensés des réflexions que leurs poches déchirées pouvaient soulever. Les petites filles du monde entier jouent à la dînette. Nous aussi nous reportions nos mimes, nos gestes scrupuleusement calqués sur les adultes pour les reproduire librement dans notre petit monde bien délimité. Quelquefois, par manque de moyens, nos ustensiles étaient imaginaires. Bien souvent, j'étais exclue de ce cercle car une telle participation exigeait l'apport quelconque d'aliment pour la préparation culinaire. Il était impossible de soustraire quoi que ce soit, même pas un pois chiche, à l'œil féroce et vigilant de ma grand-mère. D'avance, je craignais trop les représailles, et la peur me paralysait. Et même si par mégarde ce misérable pois chiche avait échappé à sa surveillance, je me serais empressée d'apaiser la faim qui trouait mon ventre vide.

Les excès de ma grand-mère l'avaient totalement démarquée des siens. Presque personne ne lui adressait la parole. Même sa sœur l'avait rejetée et refusait de voir en elle une chair proche irriguée d'un sang commun. La colère démoniaque de ma grand-mère ne cessa de croître, surtout à la naissance de ma sœur Malika. La toiture de notre maison essuyait un deuxième deuil. D'autant plus qu'elle maudissait ma mère pour ses enfantements trop faciles. Les vieilles femmes racontaient que lorsque ma grand-mère présentait les premières douleurs tous les hommes devaient quitter leur foyer, tant ses cris perçaient impoliment l'intimité de chacun. Les oreilles prudes de nos hommes ne pouvaient tolérer cris et insultes mêlés, où tour à tour hommes et Dieu devaient supporter les pires injures et les pires blasphèmes. En ces moments-là, deux femmes l'assistaient. La vieille sage-femme du village et ma mère soumise et résignée qui se chargeait de la toilette de l'enfant. Ainsi ma tante Yamina est mon aînée de deux ans et Fatiha la plus jeune présentait le même écart d'âge que Malika. Pendant toute sa première grossesse ma mère fut abreuvée de malédictions que sa belle-mère se complaisait à psalmodier "a-m yefk Rebbi taqcit taderγalt" (que Dieu te donne une fille aveugle). A sa grande rage, je suis née bien constituée, nullement atteinte de cécité. Alors qu'injustement, Yamina paiera les frais de ces paroles malsaines quelques mois après sa naissance.

Pendant toute une nuit ses cris de douleur ont percé le silence. Sa mère ne réussissait pas à la calmer, elle vint la déposer dans un coin de la cuisine. Ma mère à son tour se leva pour prodiguer toute son affection et sa pitié à l'enfant qui refusait malgré tout de se taire. Au petit matin, l'œil gauche perlait de sang. Les baumes aux herbes de nos guérisseuses demeurèrent inefficaces. "Daâwassu" (la malédiction) sortait, retournée contre la bouche fétide, chuchotaient des voix. Yamina grandit belle et élancée, mais les marieuses n'omettaient pas de remarquer et de signaler l'handicap de cet œil gauche entièrement voilé.

J'avais si souvent entendu ma grand-mère dans ses souhaits nous couronner de tous les malheurs du monde, que chaque fois je craignais le pire. Même si la deuxième fille fut un beau bébé, les louanges autour du berceau furent absents. Seule, tante Nono, chuchotait à voix basse des messages de bienvenue à l'enfant, et de bons rétablissements à la mère. Brave femme ! Elle jouait pour nous avec le feu, seulement pour nous donner un peu de chaleur, de réconfort. Tante Nono parlait bas pour éviter, en ce jour déjà endeuillé, le courroux de sa belle-sœur. Je l'avais vu remettre furtivement des œufs à ma mère et quelques beignets qu'elle avait réussi à dissimuler, soit dans les poches de son seroual, soit dans le pan des robes. La tradition veut que chez nous les parturientes soient bien nourries et respectées. Mais n'oublions pas que ma mère accouchait d'un enfant non mâle et que, par conséquent, elle devait se faire pardonner cette faute. Le hasard n'était nullement mis en cause, seule la bru en portait la responsabilité. Des traits de fatigue et les cernes sillonnaient son visage blanc, aggravés par la douleur enfouie, jamais extériorisée, jamais exhibée. Le lendemain, ma mère gênée de son inactivité décida de se lever pour préparer le repas. Tante Nono l'obligea à s'aliter. Ma grand-mère surprit les recommandations trop précieuses et ordonna à ma mère de vider les jarres d'eau. Ma tante du haut de sa petite taille retroussa ses manches pour se donner plus d'importance et se mit à houspiller sa belle-sœur, lui rappelant qu'elle resterait alitée au moins quarante jours comme le veut le code de notre culture qui règle le repos de nos accouchées. Elle s'était soudain transformée en excellent avocat, sa requête sonnait juste, désarmant chaque fois grand-mère qui commençait à faiblir devant une femme qui savait faire claquer les mots aussi fort qu'un fouet. Ma mère fut honteuse d'avoir fait l'objet d'une dispute matinale. Elle regagna sa couche en pleurs. Derrière les couvertures encore tièdes de la nuit, je me mis à guetter les moindres gestes, de crainte qu'un nouveau drame n'éclate. Ma tante est alors rentrée dans la chambre, tenant un plateau à la main. Il y avait deux tasses de café au lait. Elle nous servit généreusement. Ne cessant de répéter à ma mère qui avalait difficilement "eč a yelli, eč" (mange ma fille, mange). Je dévisageais ma mère, ses larmes étaient prêtes à sourdre pour venir se casser dans le creux douillet de sa gorge.

Mon oncle Arezki était venu seul, de crainte que la compagnie de sa femme ou de sa sœur ne soit un point de douleur pour ma grand-mère. Il savait qu'en ménageant ses colères, il ménageait la paix précaire de sa sœur. Il avait ramené un couffin rempli certainement de bonnes choses à se mettre sous la dent. Mais nous n'en vîmes ni la couleur ni l'odeur. Grand-mère avait pris soin de tout accaparer. Elle ne laissa que le coupon d'étoffe apporté par Arezki, le jeta à la figure de ma mère et lui conseilla de préparer son linceul. Un coup d'œil hâtif, dans le fond du panier, les odeurs fortes qu'il dégageait, me permirent d'établir la liste exhaustive des mets supprimés. Arezki avait certainement offert un chapelet de viande dont seules les grandes fêtes justifiaient l'achat. Quelques kilos de semoule, du sucre, du café, du couscous, de l'huile d'olive, du parfum et quelques savonnettes. Ce sont les traditionnels cadeaux que l'on enfouit dans le sac de raphia non seulement pour prouver sa générorité mais pour rappeler sa dignité ; par une telle contribution, on signale à la parturiente et à son entourage qu'elle n'est pas seule. Et même, dans certains cas, si l'on se trouve dans l'impossibilité d'assurer une telle dépense, on n'hésite pas à emprunter. Uniquement pour ne pas manquer à cette règle de "nif" si chère aux Kabyles. Et c'est toujours dans de telles occasions que le cercle familial de la femme fait ses preuves. Car chacun sait que son apport sera étalé et discuté. Il y aura toujours des yeux ou des langues étrangères qui exagèreront ou diminueront la liste des cadeaux. Car la réalité familiale et sociale est ainsi : tout est soupesé, palpé, apprécié – c'est-à-dire, souvent déprécié.

Mon oncle nous a accordé une visite éclair. Il n'a pas eu droit aux formalités d'accueil. Sa sœur, honteuse, n'osait même pas soutenir son regard. Il est reparti comme un intrus, la tête basse et le sac vide, alors que des mets ou présents auraient dû être échangés. Mais le climat ambiant ne le permettait pas. Ainsi personne n'osait relever les maladresses volontaires de grand-mère. Au bout de quelques jours, ma mère, lasse de l'atmosphère malsaine qui régnait, décida de quitter sa couche et de reprendre ses activités ménagères. Toutes les supplications de tante Nono ne la firent pas plier. Elle préférait user ses bras au travail plutôt que d'user son esprit à se morfondre sur son destin obscur et sans issue.

Tout le clan décida d'aviser mon père de prendre des mesures dignes. Il fallait trouver une solution. La famille O'Mansour était devenue une risée pour tout le voisinage et ses références n'étaient guère flatteuses. Mais c'était parler à un mur. Mon père n'avait nulle autorité sur aucun des siens, encore moins sur sa mère. Lorsque ses oncles le prenaient à l'écart pour le bombarder de précieux conseils, il se contentait de baisser la tête et son corps se voûtait sous le poids de l'énorme difficulté. Il était pris au piège, conscient de cette gérance abusive que sa mère maîtrisait. Il y avait aussi cette famille à charge, le joug était devenu si lourd et le chemin si tortueux que, malgré les avertissements que lui soufflaient à l'oreille ses proches, il lui était impossible de résoudre l'énigme, et de trouver la clef pour ouvrir la cage dans laquelle les grilles se resserraient. Tout comme son propre père, il craignait sa mère, et ne savait comment lui annoncer une décision dictée par une autre personne que le responsable du groupe, sa mère, qui n'aurait jamais accepté de démissionner du pouvoir qu'elle s'était accaparé. Seul un coup d'Etat minutieusement préparé pouvait sauver le groupe de ce système de pression et de répression qui sont les deux lianes qui attachent et étouffent chaque jour un peu plus des êtres faibles et affaiblis par le poids incommensurable de la fatalité. Il aurait fallu être doté d'une force herculéenne pour tout combattre, tout rejeter, tout contester. Un combattant sans arme est inefficace, son combat tourne vite à la dérision, car dans tout acte engagé, il faut une foi. Il faut une essence qui se consume et alimente sans cesse l'esprit et le corps. Or, là aucun des membres du groupe ne possédait cette foi, aucun d'eux n'avait conscience et n'avait utilisé le verbe pour hurler, dénoncer, rompre. Posséder et manier le verbe implique une prise de conscience, un œil critique aiguisé par le vécu. Mais cela exige surtout la rupture totale avec la peur, et l'angoisse qui tisse sa toile dans le ventre, cette angoisse, frein puissant et responsable du passif, symbolisée ici par la fatalité. Une telle démarche revendicative exige de l'audace. Mais qui pouvait se targuer d'être audacieux en ces temps austères, où seul le combat pour la survie était la seule et principale occupation de chacun d'entre nous ? Qui peut vouloir prendre le risque de briser les vieilles traditions, alors qu'il est si facile de suivre le chemin tracé par les anciens ? Même si les temps ont jauni le parchemin, l'encre noire n'a rien perdu de sa couleur, et il suffit de suivre les caractères lisibles pour trouver sa place. Et mon père aurait été bien imprudent de jouer avec le feu. Pourquoi donc se brûler les doigts quand on est incapable de guérir ensuite ses blessures ? Regardez-le ce pauvre mortel pris dans les roues du destin, et qui ignore même le chemin qu'il faut prendre. Seriez-vous donc tous des êtres abouliques ? Ah ! pauvre berger et fils de berger qui ignorez le goût de la révolte. Pauvres gens privés de lumière. Pauvres prolétaires privés du verbe. Quel chemin reste-t-il ? La fuite certainement, dans l'exil ou dans la mort. Mais fuir, c'est s'enterrer. Combattre, c'est exister, provoquer et se démarquer. La fuite reste le choix des faibles. Le combat, c'est la pulsion même de la prise de conscience, l'énergie, l'essence même de la dignité humaine qui permet à l'être un maintien noble et absolu. Le combat est un moteur dynamique qui nécessite pour assurer son bon fonctionnement l'élément électrique. Mais où puiser cet élément de choc quand, pendant des siècles et des siècles d'histoires, on a étouffé des voix, ligoté des mains, happé toute objectivité, tout cela en bonne et due forme, au nom de la sacro-sainte tradition qui fait de nous des pantins désarticulés, des orphelins de la rebellion ?

Les disputes répétées et provoquées par grand-mère ont poussé mon père a déserter la maison. Avant, il assurait la corvée d'eau, le ramassage du bois, et une fois par semaine, il se rendait au village, au souk, pour faire des emplettes. Sa mère lui dressait une liste d'achats et il s'appliquait à la respecter. A son tour, il déchargeait l'âne qui se soulageait dans ses braiements. Grand-mère était là, présente, tel un gendarme contrôlant et tâtant soigneusement avec l'exigence d'un maquignon tous les produits ramenés. En principe, son fils la satisfaisait dans ce genre de démarche. Il n'achetait pas à l'aveuglette. Il consultait d'abord tous les marchands fébriles devant leurs étals chargés, s'informait des prix, comparait le rapport qualité-prix, il lui arrivait de marchander. Et c'est seulement lorsqu'il avait fait le tour de la place qu'il s'arrêtait, dépliait les couffins qui retrouvaient ainsi leur volume et leur vrai usage, emplissait le tout avec beaucoup d'aisance. Quelquefois, au souk, il rencontrait des connaissances familiales qui le chargeaient de transmettre les salutations aux siens. Il ne manquait pas d'en faire part à sa mère. Mais il ne manquait surtout pas de lui rendre la monnaie, tout en lui justifiant le prix payé. Je l'ai vu souvent dissimuler une savonnette, un parfum ou des bonbons qu'il avait réussi à loger dans son chapeau de raphia et, une fois qu'il pénétrait dans sa chambre, il le glissait dans les mains de ma mère qui appréciait la valeur et le risque du geste. Les bonbons nous étaient distribués à ma sœur et à moi tard dans la nuit. On nous recommandait de ne par croquer, de crainte d'éveiller le sommeil espion de grand-mère qui dormait l'oreille collée contre le mur de notre chambre.

Mon père ne ramenait jamais du marché des fruits, ou des légumes. Car comme tous les ouvriers agricoles employés chez le colon, il réussissait toujours à s'approvisionner, en pastèques, melons, raisins, oranges, mandarines, tomates et poivrons. Tout le monde considérait cela comme un dû et non comme un vol. Bien souvent, les excès en agrumes et en légumes étaient loin de faire l'objet d'une collecte intelligente, au sein de laquelle il y aurait eu un partage équitable entre tous les ouvriers, qui avaient contribué, par leur labeur incessant, sous la chaleur accablante, à la fécondité de cette terre aride et avide de leur sueur. Mais le colon, en conquérant puissant et raciste, s'obstinait à laisser se décomposer le fruit de tout un travail d'hommes qui aimaient cette terre pour l'avoir défrichée, irriguée, semée et amendée. Du matin au soir, ils étaient penchés sur elle, comme sur une amante, lui prodiguant les soins nécessaires pour que fleurisse et s'épanouisse enfin sa générosité. Cela aurait été un crime que de ne point profiter de ses trésors naturels. Louange à Dieu qui a exaucé vos vœux et compris vos peines ! Malédiction au colon qui a profané les lieux et tout ignoré du culte du partage.

C'est ainsi que le soir, à la tombée de la nuit, les hommes devenaient des fantômes difformes traînant derrière eux ou sur leurs dos des sacs en toile de jute remplis de fruits interdits, consommés à la hâte, derrière les portes closes.

Des couffins que déchargeait mon père, se dégageait une odeur forte de piment qui vous prenait à la gorge et vous chatouillait les narines. La semoule se trouvait enveloppée dans de grandes poches de papier kraft, ainsi que le piment rouge pour le couscous ou la "chorba", ce qui agrémentait nos frugaux repas. Dans l'autre couffin, étaient entassés l'huile, le savon, un coupon de tissu destiné à mes tantes ou à leur mère, mais jamais à nous ; nous n'avions qu'un simple droit de regard, surtout pas le droit de jouissance.

Pour fuir les querelles intempestives, mon père découchait souvent. Incapable de s'opposer à sa mère, incapable d'assurer la défense de la petite famille qu'il venait récemment de fonder, il trouvait refuge et repos au cimetière voisin. Refuge sûr, et sommeil assuré dans cet espace silencieux où les morts n'ont plus rien à dire, mais restent les témoins les plus fidèles des vivants. Allongé entre deux tombes, son visage couvert par son linceul de veste, et pour seul point commun avec ces morts, l'horizontalité de son corps. Les morts devaient bien rire de cet acteur malhabile qui dès que la lueur du jour pointait le bout du nez, les abandonnait brusquement dans une soudaine verticalité, défroissant ses vêtements ajustant sa veste et courant à toutes jambes offrir au colon la force de travail qu'il avait puisée dans les ténèbres maléfiques d'un cimetière. Le soir, fidèle à son lieu, il venait se décharger des fatigues de la journée. Lieu sûr certes, où nul mortel ne se risquerait à troubler le repos des âmes immortelles. Plus tard, il nous confia que malgré le visage couvert, la présence d'êtres bizarres se mouvaient autour de lui, mais qu'à aucun moment, il n'avait été pris de panique.

Le désespoir gagna tous mes proches. J'avais toujours vu ma mère pleurer, et je me demandais quand la fontaine de cette eau chaude et amère allait enfin se tarir. Son regard était toujours en fuite, à l'horizontale, seule la terre savait lire sa peine. Jamais elle n'avait levé ses yeux pour mesurer l'espace de notre maison. Elle présentait toujours un regard limité et humide. Les vieilles femmes se plaisent à rappeler qu'un regard vif et hardi suscite la méfiance parce que trop plein de ruse. Ma mère n'était rien de cela. Elle avait constamment un regard endeuillé, où même le soleil ne pouvait ni sécher ses larmes, ni dérider les paraphes empilés au coin de ses yeux éteints.

IV
LA BLESSURE DE HALIMA

Je n'avais jamais su dans quelles circonstances mon père était parti en France, et c'est son absence prolongée qui m'obligea à questionner ma mère : "anda 'yella vava ? " (où est papa ?). - "iruh ar Fransa" (il est parti en France). Dans son regard, j'ai lu qu'elle pressentait le pire. Son intuition féminine nous a toujours servi de guide très fiable. D'ailleurs les humiliations et les mépris ne faisaient que croître. Nous vivions la guerre sur un double front. Intérieur et extérieur. Les deux espaces étaient aussi dangereux l'un que l'autre. Mais si à l'époque il m'avait été possible de formuler un choix, j'aurais opté pour la prise d'armes à l'extérieur, milieu moins étouffant, même si les dangers étaient grands. Car, mourir pour mourir, autant mourir en combattant libre, conscient de sa juste cause, que mourir en esclave constamment méprisé, diminué, enchaîné à une chaîne d'acier si lourde et si courte que l'on ne peut s'offrir le luxe de se donner la mort.

Un matin, grand-mère nous délogea de notre chambre, après avoir eu soin de retirer à ma mère ses plus belles toilettes de soie ainsi que ses foulards et ses bijoux. J'avais compris qu'elle voulait nous donner un nouveau logis. Mais lequel, bon sang ? Lequel ? Bien sûr, la pièce la plus misérable nous accueillit. Cette pièce était habitée par une obscurité totale et permanente car privée de fenêtre. Ma mère installa son coffre dans un coin, pendant que notre chère grand-mère ordonna à ses quatre filles d'occuper le lieu délaissé qu'elle avait jugé trop luxueux pour nous trois, misérables gueuses. Nous avions emménagé en silence dans notre nouvelle tombe, pendant que des rires et des bousculades éclataient, lâchés par les occupantes et nouvelles propriétaires de la pièce. A partir de ce jour, des sentences draconniennes se mirent à pleuvoir sur nos pauvres têtes de victimes innocentes. Grand-mère avait instauré un système de rationnement que peu d'esprits machiavéliques auraient osé mettre en place. Nous avions droit à un verre d'eau par jour. Car il fallait maintenant, disait-elle, éviter toute consommation abusive. Le porteur d'eau s'en était allé et, seul grand-père pouvait assurer cette lourde tâche. Il était évident que ces restrictions ne concernaient que nous trois, ma mère, ma sœur et moi, les autres membres de la famille n'étaient nullement concernés. Elle avait également remis à ma mère une bougie et sept allumettes. Une allumette par jour devait suffire à trouer l'obscurité de notre chambrette. Malheur au courant d'air qui viendrait hâtivement étrangler la flamme. Dans cette pièce il y avait une porte en bois mince et lézardée qui se trouvait à droite à l'entrée, elle nous séparait de la chambre de nos grands-parents. A gauche, en haut, il y avait une misérable lucarne qui a longtemps été notre bouée de sauvetage. Cette lucarne donnait sur la cour de la famille Belkacem, parent proche de mon père. Grâce à cette lucarne, la femme de Belkacem communiquait tard dans la nuit avec ma mère. Elle ne se contentait pas de l'abreuver d'encouragements et de bénédictions, non, car si nous avons pu apaiser timidement notre faim, c'était grâce à ses partages généreux et constants. Tous les soirs, l'échange se faisait dans la plus stricte clandestinité, je me souviens de ces petits flacons de verre qu'elle nous remplissait d'eau, d'huile, de petit lait. Dans des foulards, elle pliait des morceaux de galette de semoule découpés à la juste dimension de l'ouverture de la lucarne. Ces poignées de figues si généreuses : le geste en lui-même était si beau qu'il faisait naître des larmes toutes frémissantes. Et lorsque j'allais dehors, prétextant le jeu, les voisines avisées de notre situation me faisaient signe d'entrer, des femmes au cœur d'or sortaient alors de leur cache tout ce qui semblait bon à donner, y compris des allumettes et des bougies. Elles cachaient le tout dans mon seroual, et le renvoyaient à ma mère qui recevait les présents non sans vive émotion. Ma mère avait réussi à récupérer dans la cour un petit seau de faible contenance, délaissé pour non usage. Malheureusement, une fois rempli il aurait été impossible à mes bras frêles et mal nourris de soulever un tel poids. C'est pourquoi ma mère m'avait remis une boîte de conserve et je faisais plusieurs fois la navette à la fontaine, pour approvisionner notre stock d'eau. Lorsque j'arrivais à la fontaine, des vieilles femmes hochaient la tête, certaines, plus sensibles, essuyaient furtivement une larme, les hommes m'adressaient un sourire mélancolique, et les adolescents s'écartaient pour me frayer un passage. Je n'avais jamais attendu mon tour. J'étais devenue la porteuse d'eau prioritaire. Quelquefois des mains sûres et fortes m'enlevaient la boîte des mains pour la remplir et me la tendre ensuite, je remerciais poliment, en baissant les yeux. Et derrière mon dos, des appels de révolte se faisaient entendre et m'accompagnaient le plus loin possible sur le chemin "Wah a Sidi Rebbi, Wah ?" (pourquoi mon dieu, pourquoi ?). C'était toujours des voix de femmes qui relevaient cette injustice.

Mon père expédiait régulièrement des mandats de France. Evidemment nous n'étions informés que très tard et de toute façon cela n'aurait rien changé à notre histoire. Mon grand-père réceptionnait lui-même l'argent et le remettait à son épouse, qui s'affublait de belles toilettes. Souvent nous devinions l'odeur de bifteck mijotant dans l'huile qui nous ouvrait l'appétit et nous faisait saliver ; mais nous en ignorions la forme et la couleur, nous étions exclues du festin.

Ma tante Halima continuait dangereusement à nous apporter son aide et son soutien. Mais un jour, malheureusement, grand-mère la surprit en train de voler un morceau de galette qu'elle cachait dans la poche de son seroual. Grand-mère avait tout de suite compris quelle en était la destination. Avec un gourdin, elle lui asséna un grand coup sur la tête, j'ai vu ma tante tomber dans un grand cri. Puis le silence ; de ses narines, une écume blanche sortait. Mes autres tantes, prises de panique, se ruèrent sur le corps inerte de leur sœur. L'alerte était donnée, Halima la généreuse était morte. Les voisins accoururent, affolés. Certaines déjà se griffaient le visage, se tapaient leurs cuisses en signe de deuil et de protestation. Ma grand-mère restait muette, refusant de croire à la mort de sa fille. Mon grand-père fut tout de suite avisé par on ne sait qui. Il regarda un moment sa fille, puis sortit. Il revint de nouveau accompagné de Cheikh. Halima eut quelques soubresauts. Un espoir renaissait, la guérisseuse aussi était là, et l'arrosa d'eau ; la tête relevée par un coussin, un nouveau flot d'écume jaillit, une plainte se fit entendre. Un nouvel espoir, une nouvelle attente. Brahim arriva comme un fou, précipitamment, contempla la scène, et alla vider sa rage et sa haine en crachant sur sa mère qui se maintenait à l'écart, et s'enfermait dans son mutisme. Pendant trois jours et trois nuits, Halima fut veillée, plongée dans un profond coma. A partir du quatrième jour, elle ouvrit légèrement les yeux : on pouvait remarquer alors la présence de vaisseaux craquelés ici et là. Elle se remit peu à peu de ce sommeil forcé. Au début, elle fit de grands efforts pour retrouver l'usage de la parole, car sa langue se tordait mollement dans sa bouche, ce qui l'irritait quand elle voulait s'exprimer. Conseillée par les voisines, ma mère se mit à l'œuvre afin de rouler le couscous qui devait être distribué aux orphelins, aux veuves, à tous ceux privés de ressources quelconques, la mosquée aussi avait droit à sa part. « L'waâda » (l'offrande) servait à remercier le ciel d'avoir épargné Halima de la mort. Quelques langues acerbes ne manquèrent pas d'accabler ma grand-mère de reproches. Et celle-ci, pour assurer sa défense, rétorqua que le châtiment corporel infligé à sa fille était bien mérité. Dorénavant, c'était un avertissement tout à fait légitime qui maintiendrait le bon exemple et le respect de sa pleine autorité sur tous les membres.

Lorsque mon oncle Arezki fut informé du drame, il

s'empressa de venir retirer sa sœur des mains de ses bourreaux. Après avoir annoncé le motif de sa visite sur le seuil de la porte, il fit signe à sa sœur de le suivre. Nos regards se sont croisés, ma mère se dirigea vers le coffre, sortit son voile, recouvrit lentement son corps. Je l'ai appelée "a yemma". Elle n'a pas bougé, elle ne s'est pas retournée. Alors, je me suis précipitée sur ce fantôme blanc en hurlant, suivie de ma sœur qui avait compris la gravité de la situation. Nous nous cramponnions à cette ombre en pleurant, en suppliant "aneddu a yemma, aneddu" (nous voulons venir avec toi maman, nous voulons), "a yemma, a yemma". L'oncle Arezki baissant la tête, s'empressa d'attirer sa sœur au dehors, et les mains puissantes de ma grand-mère nous arrachaient au corps fluide et blanc qui nous échappait. Elle nous ordonna sèchement de nous taire, et nous fit comprendre par la distribution de gifles sonores qu'elle n'était pas d'humeur à tolérer nos caprices. La porte s'est soudain refermée dans un grand bruit, et l'image de ma mère a disparu. J'avais cru que mon cœur s'était décroché de ma poitrine pour venir expirer au fond de mes talons.

Qu'allons-nous devenir ? Ce que deviennent tous les enfants délaissés par leur mère en cas de répudiation ou de divorce. Telle est la tradition ! les enfants appartiennent au père, et la mère, ne jouant aucun rôle dans la reproduction, est reléguée seulement au rôle de pourvoyeuse d'enfants. Ma mère nous quittait, qu'allions-nous devenir, pauvres victimes d'une semence hasardeuse ! Quelle est la main diabolique qui a rédigé et dessiné les chemins tortueux de notre destin ? Ma sœur et moi avions pleuré toutes les larmes de notre corps. Nous n'avions trouvé consolation chez aucun membre de la famille. Aucun creux douillet où nous refugier. Nous étions persécutées continuellement par le regard tranchant de la grand-mère. Pas un seul mot réconfortant, pas une seule caresse, seulement des visages au regard vide et absent. C'est le triste lot de tous les orphelins. Par malheur, mon oncle Brahim était absent depuis plusieurs jours déjà, quant à Halima sa blessure était encore trop vive pour s'aventurer à désobéir à sa mère. Personne en vue pour nous porter assistance. C'était le désert, subitement les gens, et même les fées, auxquelles je croyais, semblaient être appelés à une mobilisation générale. Nous étions seules entre ciel et terre, trempées dans cette atmosphère d'injustice qui vous transperce les os et laisse indifférent tout l'entourage. Lorsque la nuit nous enveloppait, nous craignions la profondeur. de l'obscurité qui rendait l'atmosphère suffocante, dans la petite pièce que nous avions rejointe comme étant notre seul repaire. Nous – nous sommes allongées et nous avons constaté la petite place qu'occupait notre mère, si petite dans la couche, mais si grande dans notre cœur. A ce moment, nos cris et nos pleurs déchirèrent la nuit, comme cette séparation nous déchirait toutes entières. Ma grand-mère s'était levée et nous distribua quelques taloches bien retentissantes sans omettre de nous maudire. Nous – nous sommes endormies, la poitrine chargée de sanglots. J'aidais ma sœur agée de deux ans à faire sa toilette, tant bien que mal, mais j'étais incapable de démêler nos longs cheveux, et personne ne nous proposa son concours. Nous sommes restées trois jours à avaler la nourriture distribuée au compte-gouttes. Nous étions devenues des mendiantes, promptes à saisir au vol la moindre miette égarée. La main toujours ouverte, toujours en attente, toujours à celle qui saura contenter son ventre avide et gémissant. Au bout du quatrième jour, l'oncle Belkacem nous surprit toutes les deux, dehors, à errer. Il profita de l'aubaine pour nous kidnapper et nous ramener auprès de ma mère. J'appris plus tard que, depuis plusieurs jours, il avait rédigé un courrier express à mon père pour l'informer de la situation et de sa décision. Depuis plusieurs jours déjà, il priait le ciel de pouvoir nous rencontrer ensemble ma sœur et moi. Il y avait longtemps qu'il avait préparé son coup de force. Ma mère nous avait accueillies à chaudes larmes. Je l'avais trouvée amaigrie et les yeux encore rouges. En signe de respect et de reconnaissance, elle baisa le front de Belkacem qui se tenait à l'écart et parlementait avec l'oncle Arezki. Nous étions sauvées. Tante Sahra se dépêcha de nous donner un bain, elle nous frotta énergiquement dans un grand baquet d'eau savonneuse, nous cura et récura le cuir chevelu comme si nous étions porteuses de quelques parasites. Elles riait beaucoup et nous affirmait qu'elle voulait surtout nous débarrasser des odeurs fétides de notre grand-mère. Après notre bain, elle nous peigna doucement, sans brusquerie aucune. Elle avait les mains douces tante Sahra ! et de temps à autre, elle nous claquait un gros baiser sur les joues. Ma mère nous apporta un plat en terre dans lequel fumait un couscous spécial dont le grain est roulé très épais appelé "Berkoukès". Toutes deux, assises à même le sol, sans perdre le temps d'accepter les petits tabourets que ma mère nous tendait, à pleines cuillerées nous dévorions les gros grains de semoule qui petit à petit apaisaient nos ventres affamés.

Chez mon oncle Arezki, nous étions enveloppées dans un climat de sécurité, même si les perquisitions de jour comme de nuit étaient toujours aussi violentes. Arezki était le seul homme à veiller sur ce groupe essentiellement féminin. Les trois frères, tous célibataires, avaient rejoint l'appel du F L N. Mohamed combattait sur le front à l'extérieur, c'est-à-dire à Lyon. Les deux autres, Méziane et Makhlouf, nous ignorions même le choix de leurs armes, et de leur existence. J'appréhendais toujours l'arrivée des soldats. Et lorsqu'ils faisaient irruption en l'absence de mon oncle, c'était toujours mon cousin Mokhtar qui nous servait d'interprète. Je craignais toujours qu'ils découvrent un élément ou détail suspect qui nous aurait contraintes encore à nous séparer de notre mère. Je la surprenais maniant des armes blanches et des armes à feu, qu'elle pliait dans du linge et enfouissait dans "ayufi" (jarre) sous les kilos de semoule. Ou bien elle grimpait sur une échelle, contre le mur du patio, soulevait des tuiles et couchait des objets qu'elle recouvrait habilement. Aussi leste qu'un chat, aussi rapide que l'éclair, elle était appréciée par son frère pour sa hardiesse et les trésors de ruse qu'elle déployait pour détromper la troupe juvénile, mais performante. Dans chaque foyer, partout dans le pays, on retrouvait cette chaîne de complicité et de solidarité. Le peuple essentiellement paysan avait entendu et compris le message. Hommes, femmes et enfants, valides ou invalides, participaient activement à cette guerre d'indépendance. Les femmes qui avaient rejoint le maquis se sont débarrassées de leurs longues robes encombrantes, pour revêtir le pantalon de leur frère, couchant ensemble dans des grottes de fortune, sans que jamais la pudeur ne soit violée. Beaucoup citaient le cas de Baya, une militante d'une grande beauté, qui, avec l'accord et la complicité des chefs de région, était devenue agent de liaison. Son allure européenne, et son vocabulaire sans accent firent d'elle un intermédiaire sûr. Elle offrait ses charmes aux gradés pour leur soustraire des renseignements. Jamais Baya n'aurait pu entreprendre une telle activité sans l'accord de ses supérieurs. Car une femme qui ose seulement flirter avec l'ennemi signe son arrêt de mort.

Lorsque nous nous réunissions au coin du feu, Arezki se plaisait à nous narrer ses mémoires d'ancien combattant. Le regard lointain, il commençait ainsi d'une manière décousue : "Dans notre unité, il y avait un petit nombre d'Algériens, et par affinité culturelle, nous-nous étions regroupés entre nous. Les autres soldats nous appelaient les *Nordafs*. Nous avions compris que notre arrivée était très attendue. Dès qu'un camion vidait sa cargaison d'Algériens, les autres soldats disaient "enfin les voilà ! " C'est bien plus tard que nous avons compris notre utilité. Au front, nous occupions les postes les plus dangereux. Un hiver il faisait si froid, que, pendant plus d'un mois je n'avais pu me déchausser. Et lorsque enfin je pus le faire, je découvrais des pieds glacés, ridés, tout ratatinés. Je m'étais alors rechaussé à la hâte, honteux de marcher avec des pieds de vieillards. Pendant toute cette période de mobilisation, je n'ai jamais oublié le jeune instituteur kabyle, originaire de Tizi-Ouzou. Il nous donnait les premières leçons d'alphabétisation. Ses camarades français le détestaient, car il était vif, pertinent, arrogant même dans ses réponses. Ils l'avaient surnommé "le rouge". Notre assiduité et l'intérêt que nous portions à l'enseignement de l'instituteur dérangeaient les gradés qui le jugèrent comme élément perturbateur et subversif. Mais celui-ci rétorquait sèchement : "la déclaration des droits de l'Homme ne précise-t-elle pas liberté d'expression, et droit d'instruction pour tous ?" Certains ne trouvaient de réplique que dans des hochements de tête évasifs, d'autres quittaient les lieux en signe de contestation. C'est grâce à lui que j'ai appris à lire. Dès que nous avions un moment de disponible, nous révisions les règles de grammaire, calculions les opérations. L'instituteur avait réussi en quelques mois à former deux niveaux : le cours moyen et le fin d'études. Peu à peu nous gérions nous-mêmes notre propre correspondance, l'instituteur intervenait pour vérifier l'orthographe. Il était satisfait de nous, surtout lorsqu'il jugeait que "c'était bien", nous rougissions comme des enfants, et redoublions nos efforts. Il nous répétait souvent : "ouvrez les yeux, il ne suffit pas de savoir lire, écrire, et compter. Un jour vous serez amenés à faire des choix, il vous faudra bien choisir, ouvrez les yeux et vite..." Je me suis toujours demandé si c'était un instituteur ou un prophète. Ouvrir les yeux... faire des choix... et à quel prix ? "s'empressa d'ajouter Arezki. Le regard absent, toujours ailleurs à rechercher dans la foule anonyme et mouvante le prophète en uniforme.

Même si les enfants n'étaient pas toujours impliqués directement dans les actes de rébellion, il y avait des gestes stéréotypés qui nous faisaient comprendre que nous étions tous concernés. Nous manquions d'informations précises car les adultes nous tenaient à l'écart, mais l'atmosphère de crainte qui régnait suffisait à nous rappeler qu'à chaque instant nous risquions nos vies. A plusieurs reprises j'observais ma mère, qui tentait toujours de dissimuler une arme. J'étais habituée à ses gestes brefs, et je craignais pour elle. Mais j'avais surtout peur de ces uniformes, libres de tous leurs mouvements, de leurs regards, de leurs allures rigides et des canons de fusil qui scintillaient dans le soleil, prêts à faire feu sur tout ce qui bouge. Attention aux faux gestes qui attiraient les balles rageuses. Il était bon de tout mesurer avec une extrême prudence.

Quelques jours plus tard, la porte s'ouvrit et mon père apparut tenant à la main une petite valise. Mes deux tantes lui souhaitèrent la bienvenue. Il nous avait toutes embrassées, y compris ma mère qui avait rougi. Ce sentiment de gêne éprouvé par ma mère sera d'ailleurs relevé par les femmes qui l'exploiteront plus tard dans leurs discussions intimes pour taquiner ma mère. Celle-ci lui servit un café avec quelques biscuits. Mon père ouvrit sa valise et remit les rituels cadeaux de l'émigré de retour en terre natale. Il y avait un coupon de tissu pour chaque femme et des foulards. Pour ma sœur et moi, il avait ramené des petites robes de France. Aussitôt, les femmes s'extasièrent sur la coupe et la couture française, caressant le moindre détail, se promettant à l'avenir d'utiliser le modèle pour leur prochaine réalisation. Lorsque mon oncle Arezki arriva le soir, après le repas assez riche préparé en l'honneur de mon père, il entamèrent une longue conversation. Les femmes très discrètes les avaient laissés pour ne pas gêner le déroulement de l'entretien. Deux jours plus tard, ma mère nous réveilla tôt pour partir. Mais j'ignorais la destination de notre voyage. Accompagnées par mon père, l'allure francisée par une belle chemise, ramenée de Paris, nous avions emprunté des pistes. Mon père ouvrait la marche, tenant Malika dans ses bras, ma mère sortait le bras de son voile pour me maintenir près d'elle. Après quelques heures de marche, j'avais reconnu la fontaine où j'étais prioritaire, mon cœur fut enlevé par un cheval au galop, mon corps se raidit, et ma main se glaça. J'avais envie de fuir. Mais la main forte de ma mère me tenait et me serrait fort, et de temps à autre, elle me secouait pour me dépêcher d'avancer. Mon père ouvrit la porte, sa mère, suivie de ses sœurs, vinrent tour à tour le saluer. La vieille nous accueillit avec un regard torve. Ma mère se débarassa du voile qu'elle glissa dans son coffre, unique mobilier qu'elle possédait. En la présence de mon père, j'étais dispensée de la corvée d'eau. J'avais appris que mon oncle Brahim avait regagné Bordeaux. Désormais le seul appui sur lequel on pouvait compter s'étiolait. Mon père était resté quelques jours, quelques semaines seulement. Je ne l'ai pas vu partir. Chez nous les voyageurs se lèvent tôt, en même temps que le soleil. Lorsque je m'étais réveillée, j'avais constaté l'absence de la valise, à ce repère j'avais tout de suite compris. Nous voilà de nouveau plongées dans la jungle sarcastique que nous avait bâtie notre vieille grand-mère. Aucune liane à l'entour qui aurait pu nous sauver de ce monde infernal. Elle préparait avec amour et une infinie précision toutes ses vengeances, comme un maître d'art culinaire prépare ses mixtures. Elle savait comment jouer du doigt pour mieux nous atteindre et attiser notre douleur. Je l'ai souvent soupçonnée de pactiser avec le diable. Sinon quelle explication donner à des actes aussi immondes ? Je retrouvais les gestes de la corvée de l'eau que j'avais délaissée quelques semaines auparavant. Nos ventres vides se mirent à geindre, à gazouiller de nouveau le refrain de la faim. La lucarne restait le soir l'unique espoir, l'unique frontière où un échange clandestin de première nécessité s'effectuait toujours du même côté. Toujours cette main si belle, si gracieuse dans sa générosité quand elle ouvrait la paume, toujours chargée. Et la main de ma mère, main de mendiante maigre et tremblante, quelquefois hésitante, qui recevait. Leurs mains étaient le seul contact physique qu'elle pouvaient entretenir. Et au moment de se séparer, la belle main généreuse faisait signe, et ma mère la happait la tenant très fort quelques instants dans la sienne. C'était tout un fluide de chaleur, d'amour, de solidarité qui transitait entre ces femmes. J'avais aussi vu ma mère porter la main blanche à ses lèvres avant qu'elle ne s'évanouisse dans le monde des âmes pures. Un soir ma mère avait réussi à chaparder un morceau de galette qui avait échappé au compte de la diablesse de ces lieux. Elle vint nous rejoindre, nous étions ma sœur et moi allongées sur la couche. Elle nous expliqua avec des mimes et à voix basse car elle craignait l'oreille traitresse de la vieille souvent collée à la paroi de la porte. Ma mère macha la galette et, pour étouffer le bruit, se couvrit la bouche d'un foulard. Ensuite on ouvrit la bouche tour à tour et nous recevions la becquée. Et même pour avaler, ma mère nous enfouissait la tête sous les couvertures, simple mesure de précaution.

Je ressens encore sa chaleur. Chaleur de la survie. Soudain l'image se dédouble, j'assiste en spectatrice à la scène. Une sensation d'euphorie me gagne, les larmes coulent. De quels mots devrais-je user pour décrire cet ineffable amour ? Les oisillons ne seront désormais plus seuls au monde à recevoir la becquée. Les enfants des hommes connaîtront cette chaleur que seule la force d'une mère peut apporter à ses enfants. En tout cas, pour survivre, ma mère a compris qu'il fallait inventer de nouveaux gestes. La quotidienneté isole et tue. Progresser, c'est avancer, pas forcément dans la direction marquée et laissée en héritage par nos anciens. Il faut marcher et interroger sa route. Il faut oser, défier, braver, chercher, aller toujours de l'avant. La seule richesse à conquérir résulte de ses propres expériences. Toi, ma mère, tu as puisé ta force et ta détermination dans la beauté de tes gestes. Toi, privée de la connaissance des livres, privée du parfum du bonheur. Pour toi, la vérité est toujours restée la même, enseignée et léguée par les anciens. Mais les temps ont changé, il faut savoir adapter la vérité à son temps. A yemma, femme kabyle, petit bout de chair méprisée, humiliée. Ne sais-tu donc pas que tu venais à l'instant d'inventer le monde ? Et pourtant, tu n'es qu'un être anonyme et sans voix.

Lorsque mon oncle Brahim revint de Bordeaux, il eut droit à un accueil plutôt affable, qu'il ne prit même pas en considération. Car il savait depuis longtemps que tout n'était que décoction d'hypocrisie alimentée par l'intérêt subversif et sournois. Il me gava de bonbons, de gâteaux, je sentais le regard vénéneux de ma grand-mère qui ne me fit pas tressaillir, tant je comptais sur les bras de mon oncle. Mais je savais qu'à la prochaine correction, elle ne m'épargnerait pas, et m'assommerait d'un double coup.

Au bout de quelques jours, toute mielleuse à l'égard de son fils, ma grand-mère dévoila sa stratégie. Celle-ci lui proposa de le marier. Le vagabondage n'était qu'une solution à court terme. Tous les hommes de sa génération avaient pris femme. Elle omettait de signaler qu'en ces temps troubles, certains étaient portés disparus, laissant à la charge de leur père, femmes et enfants. Et que la solution la plus sage était d'attendre que ces temps troubles s'éclaircissent pour éviter d'agrandir la liste ininterrompue de veuves et d'orphelins qui vont grossir la charge sociale. Elle précisait même, pour témoigner de sa bonne foi, qu'il était seul arbitre de ce choix.

Brahim vomit une hilarité comme une explosion soudaine. Sa mère sourcilla et lorsqu'il ramassa ses mâchoires éparpillées par le rire, il leva l'index en direction de ma mère et lui fit comprendre qu'il ne lui donnerait pas l'occasion de torturer une deuxième esclave.

Quelque temps après le départ de mon père, le ventre de ma mère commençait à s'arrondir. Je la surprenais souvent à vomir. Elle faisait preuve d'une grande résistance physique. Malgré tout, elle seule continuait à assurer tout le travail de la maison, sans bénéficier d'aucune aide. Ses belles-sœurs vivaient dans l'oisiveté et la satisfaction d'une panse bien remplie. Le soir, lorsque le clair de lune était au rendez-vous, ma mère laissait la porte entr'ouverte, profitant de la lumière naturelle. Je l'entendais prier, réciter des sourates qui me faisaient hérisser les cheveux. Elle priait avec une foi et une conviction profondes. De temps à autre, elle avalait ses larmes, elle étouffait ses sanglots "a Rebbi aâwen iyid" (mon Dieu, aidez-moi). Elle était tout près de moi, d'un geste je pouvais poser ma main sur son épaule. Je voulais lui dire que je partageais sa peine, qu'elle n'était pas seule, que même réduite au silence, je voyais tout, j'observais tout. Mais je n'en ai jamais eu le courage. Alors, à mon tour, mes yeux devinrent des fontaines de larmes qui allèrent se casser sur la couverture de laine.

Lorsque ma grand-mère fut informée du décès de sa sœur Ldjida, en signe de satisfaction elle se colora les mains de henné. Ma mère la pleurait en silence. La mésentente qui régnait entre les deux sœurs avait à sa source la condamnation pure et simple des actes injustes perpétrés à notre encontre, que Ldjida s'était permis de prononcer bien haut, à la face de la coupable. Grand-mère était trop sectaire pour accepter de telles objections. Depuis, une guerre froide avait annihilé tous leurs rapports.

Le ventre de ma mère prenait des rondeurs, mais ne calmait point l'agressivité animale de grand-mère. Un jour, une violente dispute éclata entre les deux femmes. Grand-mère traîna ma mère vers la porte pour l'expulser. La porte était entr'ouverte, j'ai vu les ongles de ma mère s'enfoncer dans le bois marquant ainsi une nette résistance. Car elle savait très bien qu'une fois dehors, jamais la porte ne se serait ouverte, malgré toutes ses éventuelles supplications. Et puis pouvait-elle partir ainsi, non voilée comme une femme nue ? Quel déshonneur pour ses frères et sa famille. Une nuit, un messager est venu taper discrètement à la porte. Mon grand-père le fit entrer, mais celui-ci refusait d'avancer davantage. Avec des gestes secs et nerveux, il lui murmura des choses non audibles. Mon grand-père s'affaissait à chaque geste, chaque mot, comme si on lui enfonçait une pointe. L'homme portait un fusil. Son intervention n'a duré que quelques minutes. Et pendant cet instant mon grand-père a vieilli de dix ans. Sa vieille carcasse d'os s'est mise à trembler. Il referma la porte lourdement, et se traîna difficilement, comme oppressé par un poids, jusqu'à sa chambre. C'est bien plus tard que la vérité fut connue. Les maquisards venaient tout simplement remettre un avertissement solennel à la personne de ma grand-mère par l'intermédiaire de son mari puisqu'il était présumé responsable de sa femme. Pendant longtemps je soupçonnais Belkacem de la dénonciation, et j'éprouvais à son égard une vive reconnaissance. Mais personne ne connut jamais l'auteur de cette heureuse initiative. Pourtant, je continuais à puiser l'eau avec une boîte de conserve à la fontaine. On continuait aussi à vivre des offres charitables des voisins. Et tous les soirs, la main généreuse passait par la lucarne pour alléger nos carences. Je ramassais aussi quelques sarments de vigne, de brindilles de bois pour la combustion du feu, pendant que mes tantes s'étiraient paresseusement dans leur lit, alors que mon père envoyait périodiquement de quoi soulager et abriter une famille : l'argent, dont nous n'avions jamais connu l'existence, était utilisé pour cimenter la terrasse, et crépir les murs. Ma grand-mère achetait les plus belles étoffes de soie à ses filles, les plus beaux foulards et les plus beaux bracelets tout ciselés, du vrai travail d'artiste. Elle enfouissait le tout dans une vieille valise, en attendant que viennent s'ajouter les cadeaux des éventuels prétendants. Un seul détail reste à signaler : les corrections non justifiées et douloureuses que nous infligeait notre grand-mère s'étaient soudainement espacées. Mais malheureusement elle reprit assez vite ses vieilles animosités et ses querelles intempestives. Moi aussi j'ai prié longtemps pour que le messager de l'espoir revienne un jour frapper à notre porte.

Une fois de plus le sort ne nous épargna pas. Ma mère accoucha d'une troisième fille nommée Saïda. Pour la troisième fois la maison se trouva en deuil. La malheureuse parturiente en portait la responsabilité. C'était la pourvoyeuse d'enfants. Je n'ai jamais compris pourquoi les hommes n'étaient pas soupçonnés chez nous, mais toujours tenus à l'écart comme s'ils étaient irresponsables et victimes à la fois. Il était courant de maudire la naissance d'une petite fille saine, alors que celle d'un garçon atteint de cécité ou même boiteux ouvrait aux réjouissances et festivités qui duraient plusieurs jours. Tout simplement parce que le garçon est porteur d'un pénis symbole du pouvoir et de la force. Mais que faire d'un pénis lorsqu'on est atteint d'un double handicap ? Il est malheureusement trop courant aussi que lorsque la stérilité ronge le couple, ce soit toujours la femme qui soit mise en cause. Car l'imperfection dans le corps de l'homme n'est pas reconnue. Combien de femmes ont dû s'abreuver de mixtures imbuvables pour donner naissance à du vent puisqu'elles s'accouplent avec des hommes stériles. Et dans nos croyances anciennes relatives à la maternité, on constatera la particularité d'attribuer toujours à l'homme le mérite et le rôle prédominant dans le phénomène de la reproduction, alors que la femme ne récoltera que les erreurs. Pleure, ma mère, ton malaise vient de loin. Ma mère, tu ne connaîtras pas le goût de l'omelette de semoule arrosée de miel, offerte à celle dont le vagin a expulsé un enfant mâle. Tu n'entendras pas les femmes te gazouiller des louanges autour du berceau. Quant aux "you-you", ma mère, inutile de dresser l'oreille, les voix sont brisées. Seule la mort clôture ta couche. Alors pleure ma mère, pleure, une main ridée t'a jetée dans les oubliettes des condamnés à vivre.

Mon grand-père s'empressa de rédiger un courrier à mon

père pour lui faire part de la triste nouvelle. Il s'adressa à lui en ces termes : "viens la répudier, elle a fait une troisième fille". Je crois que mon père ne donna pas de suite. J'étais heureuse d'apprendre que le messager voulait remettre sa menace à exécution. Les maquisards informèrent ma mère par l'intermédiaire de la femme de Belkacem que désormais son cauchemar allait prendre fin, puisqu'ils devaient se rendre une nuit bien précise pour égorger la hyène qui vociférait et polluait notre existence. Ma mère, affolée, suppliait la femme de Belkacem d'aller rapidement contacter les maquisards responsables pour annuler la sentence. Dieu seul pouvait punir. Et quel déshonneur pour ses filles si, demain, des langues indélicates et acerbes critiquaient la mort de leur grand-mère tuée par les maquisards pour mauvaise conduite. Nous avons appris plus tard que le responsable chargé de la suppression de ma grand-mère fut ému aux larmes devant la sagesse de la jeune femme.

V

LA REPUDIATION

L'orage ne cessait de nous guetter. Apre destin que cette vie de chien qui se consume au fil des jours sans une promesse d'amélioration. Misérable société tribale qui fait de nous des épaves, des déchets, des résidus noueux et polymorphes, rongés par le mal de vivre, à qui le poids des mille et une injustices subies fait courber le dos bien avant l'heure. Et pourtant, vivre est un pari que l'on renouvelle dès la clarté du jour. Le dernier orage venait de crever sa poche d'éclairs sur nos têtes fragiles. Ma grand-mère répudia sa bru dans un vacarme de voix assourdissant. Ma mère alerta la famille de Belkacem lui demandant la présence et le témoignage de Cheikh. Car elle craignait d'être plus tard accusée par mon père d'être partie de son plein gré. Ce qui n'était pas le cas. Cheikh apparut aussitôt dans la cour, essouflé. Il s'engagea à servir de témoin fidèle à ma mère. Pendant ce temps, ma mère récupérait nos affaires éparpillées par la colère de la vieille femme hystérique. Dans un grand foulard elle roula en boule nos robes. Mon grand-père détacha la mule. Ma mère s'affubla de son voile. Nous la suivîmes, l'une derrière l'autre : elle tenait Saïda âgée d'un mois à peine dans ses bras. Mon grand-père nous précédait, juché sur l'âne. Lorsque nous arrivâmes à Boukhalfa, Arezki était absent, les femmes nous accueillirent avec des larmes. Des pleurs ! toujours des pleurs ! Elles ont été longtemps nos compagnes, quand nous séparerons-nous d'elles ? Finiront-elles par dessécher nos corps ? Et ce puits intarissable se tarira-t-il un jour ? Mon grand-père est reparti dodelinant sur l'âne, fier comme s'il était débarrassé d'un fardeau. Le soir, mon oncle fut surpris de nous trouver là. En quelques mots, sa femme l'informa de la situation. Il n'y avait aucun doute, sa sœur était répudiée avec ses trois filles. A nouveau, il rédigea un courrier à mon père, lui précisant les renseignements qu'il tenait de sa femme.

Les perquisitions continuaient, plus violentes, plus folles que jamais. Mais cela ne décourageait en rien l'esprit entêté et plus que déterminé des militants décidés à arracher cette paix aux conquistadors de l'armée coloniale. Ma mère n'avait rien perdu de son courage. Elle collectait toutes les armes et les dissimulait dans des lieux sûrs et, dans la nuit des ombres se détachaient, venaient récupérer le précieux butin et repartaient en file indienne, coupant à travers les haies et les buissons.

Mes tantes relataient le sans-gêne de ma grand-mère. Elles en furent offusquées. Lorsque mon oncle Arezki était venu à nouveau rendre visite à la malheureuse accouchée, son bras était tendu par le poids du chouari rempli de cadeaux qui ne parviendraient pas à leur destinataire. Ma grand-mère l'avait reçu, le verbe menaçant : "Lukan ad kecmed ad'ekkseγ aserwal-ik" (si tu rentres, je te défroques). Il est impensable qu'une femme puisse affronter un homme avec autant d'audace et de provocation. Le persécuté prit les jambes à son cou. Jamais plus il n'emprunta le chemin de la honte. C'est une anecdote dont se souviendront longtemps les mentalités prudes de nos Kabyles. Pendant que Mokhtar s'instruisait à l'école française, sa sœur Ndjima et leur frère Mokrane, tous plus âgés que moi, m'entraînaient dans leurs jeux. Nous étions des enfants dociles. Je n'ai pas gardé l'ombre d'une querelle. Malgré la présence de la guerre, je vivais dans un climat de sécurité précaire. L'absence de grand-mère nous allégea d'un poids considérable. Enfin, nous pouvions souffler en toute quiétude. Terminée, la mendicité. Adieu bastonnades imprévues qui faisaient gicler le sang. Je commençais à goûter et à apprécier la vraie chaleur d'un foyer, d'une famille unie. Le petit jardin que s'appliquait à travailler mon oncle nous prodiguait toutes ses générosités. Et le soir sous son burnous, Arezki ramenait de la ferme quelques légumes ou quelques fruits qui enrichissaient nos repas. Je commençais enfin à goûter au fil merveilleux de cette parole qui transporte dans des contrées lointaines, où les animaux dialoguent avec les hommes. Le soir, pendant le couvre-feu, autour de "Lkanun", où se consumaient les dernières braises, la faible lueur de la lampe à pétrole nous laissait deviner nos formes. Alors tante Sahra annonçait le mot magique qui ouvre toutes les portes du rêve et du mensonge. Car dans nos contes tout est permis. L'essentiel est la progression sur le chemin où l'irréel et le réel ne font qu'un. "Amacahu" sa voix belle et fine caressait longtemps chaque syllabe. Et les cinq enfants étaient suspendus à ses lèvres. Le conte s'adresse toujours à des enfants, et nous lui rendions son écho indissociable à son appel : "Ahu". Chacun des enfants devait répondre par ce mot magique. Si une voix manque à l'appel, la conteuse peut refuser de narrer l'histoire. Il faut une unité totale des auditeurs. Car c'est cette unité-là, cette force qui seules, permettaient de surmonter la peur de l'étrange et du merveilleux. Nous commencions tous à resserrer nos petits corps que le copieux repas avaient rassasiés. Nous trouvions refuge sur les genoux, ou les épaules de nos aînés assis à même le sol. Tante Sahra me tenait tout près d'elle, sous son flanc gauche. Nous savions qu'à tout moment, nous pouvions sursauter, hurler de peur, sans pour cela la supplier de s'arrêter. Bien au contraire, l'excitation n'était que meilleure et Sahra exploitait admirablement ce terrain. "Amacahu" est une formule intraduisible. Elle est aussi indispensable, c'est la clef du conte, le grain magique qui court et devance le mystère. Ainsi, presque tous les soirs, quand l'armée n'avait pas commis trop de carnage dans la région, on verrouillait les portes de nos maisons ; dans la tiédeur familiale et le repos du soir, une voix féminine nous attirait pour nous transporter dans un monde merveilleux et ancien légué par nos ancêtres. C'est ainsi que j'ai retenu l'histoire de "vava i nouva" – "la vache des orphelins", "le sot et l'intelligent". Parfois la conteuse nous arrachait des larmes, tant l'histoire des orphelins nous émouvait ; et nous projetions toute notre haine sur les méchants acteurs de l'histoire qui créaient bien des embûches aux malheureux orphelins. Et lorsque Sahra clôturait le conte, nous la suppliions de continuer. Elle nous promettait la suite pour le lendemain. Nous savions que nous n'avions pas à insister. Pendant que ma mère dépliait les couvertures pour installer notre literie, discrètement, je tirais sur les pans de robe de Sahra la priant de continuer le conte. Elle acquiescait d'un geste discret. Alors j'avais hâte qu'elle vienne me rejoindre sous les couvertures. Dès qu'elle dénouait sa ceinture de laine qu'elle jetait sur le bord du lit, je savais que nous allions toutes les deux voler très haut et très loin dans un monde qu'elle construisait pour nous émerveiller. Elle m'entourait de ses bras, chuchotait à l'oreille les restes du conte qu'elle avait promis la veille pour le lendemain. Et doucement, sans que nul autre ne partage cette douceur, elle m'ouvrit à moi seule les portes de ce paradis fascinant, où j'aimais à me perdre ou à soutenir le combat des justes et des loyaux. Je me surprenais à déjouer les pièges de l'ogresse et à déguerpir à toutes jambes devant l'agressivité d'un lion crocs en avant. Mais les bras forts de Sahra me ramenaient à la réalité. Je me serrais davantage contre elle, nos respirations se croisaient. Et lorsqu'elle était certaine que mes projections et mes transferts étaient assouvis, elle m'ordonnait de dormir sous cet oreiller léger, et la tête lourde de fresques rocambolesques, je sombrais dans un profond sommeil coloré, juste avant que Cheikh du haut de son minaret dans un appel à la prière, vint rejoindre la voix de ma tante, derrière son invitation où il nous comptait les heures de bavardages. Sahra clôturait momentanément le conte. O contes merveilleux, ô voix de soie qui nous a nourris, qui a bercé nos corps et tatoué nos âmes ! Gloire à nos aèdes qui nous ont laissé pour patrimoine cette galette de miel pétrie depuis la nuit des temps.

Chose extraordinaire, depuis notre arrivée chez mon oncle, j'ai vu pour la première fois ma mère sourire. J'ai vu son visage se décrisper. Une vraie métamorphose l'avait habillée. Elle déployait des gestes plus sûrs, plus beaux. Et pour la première fois, je l'ai entendue fredonner, chantonner. Il est vrai que le chant exorcise la peur et l'angoisse. Il crée la chaleur. Il manifeste le bonheur. Il est vrai que les mélancoliques ne chantent pas. Soudain j'ai vu ma mère se redresser. La fontaine de ses yeux a tari, et sa démarche ne fut que plus belle. Je l'ai entendue chanter lorsqu'elle tournait la meule, roulait le couscous, ou tissait les belles couvertures qu'elle montait sur la harpe de laine. Le chant accompagnait les formes géométriques. Le rythme et le geste coulaient d'une source éternellement belle. Je t'ai vue aussi, ma mère, bercer dans le creux de ton giron Saïda. Dans le balancement de tes genoux, ta main posée sur la poitrine de l'enfant, accompagnant chacune de tes mélopées. Et tu égrenais chaque fois une nouvelle berceuse, dans laquelle tu implorais Dieu, et les Anges, pour que l'enfant trouve la paix dans le sommeil. Alors avec un amour infini tu déposais Saïda dans le berceau de bois, et tu vaquais à tes occupations, le cœur allégé et tranquille.

La guerre se durcissait, et les rafales de mitraillettes venaient déchirer notre sommeil. A Bougie, on ne se contentait plus de perquisitionner : on arrêtait, on torturait, on tuait. Il devenait impossible de parler au futur, même de l'instant qui suit. L'armée avait resserré ses mailles. Un jour, Mokhtar est revenu de l'école plus tôt que prévu, à notre grande surprise ; lorsque les femmes le questionnèrent, et voulurent connaître les raisons de ce retour prématuré, il expliqua que les enfants avaient fermé la grille de l'école, en interdisant l'entrée aux petits "indigènes". C'est vrai que l'école reste le lieu où un homme peut prendre conscience de sa dignité humaine. "L'école est un lieu important, sacré", disait Da Slimane, le vieil instituteur à la retraite. Il avait plus de quatre-vingt ans, mais restait toujours alerte et vigilant. Il avait assisté à l'ouverture des premières écoles en Kabylie. Elève, puis maître à son tour, il avait été soutenu par son maître breton qui l'avait arraché aux travaux des champs pour en faire un excellent pédagogue. Il aimait son métier auquel il se donnait pleinement. Passionné d'histoire, il commentait les évènements politiques avec beaucoup de rigueur. Sur son seroual blanc, il portait un gilet gris et à la boutonnière était suspendue une chaîne à laquelle était reliée une montre en argent. Toujours propre et élégant. Il habitait tout près de l'école, et interdisait à tout enfant de faire l'école buissonnière. Il tenait sa chéchia rouge lorsqu'il était en quête d'une réponse. Son regard pétrissait les êtres et les choses avec beaucoup de mesure. Ses yeux bleus fanés semblaient dire « pourquoi ? ». Sa canne le soutenait partout. Da Slimane était abonné à plusieurs revues et les jeunes cultivés allaient toujours puiser dans sa bibliothèque. Il faisait partie des notables que l'on aimait consulter pour une décision. Dès qu'un tract était émis, l'armée venait l'interroger. Malgré son âge avancé, je le soupçonnais de collaborer avec les maquisards.

Mon oncle Mohamed est revenu de Lyon. Là-bas aussi l'alerte était donnée. Les coudes se resserraient autour de ce drapeau algérien que tous espéraient voir flotter librement un jour. Il racontait à voix basse les fouilles et les descentes dans les hôtels, les cafés. Gare aux types qui se hasardaient dans les rues après le couvre-feu. Les flics étaient de véritables S.S., sans aucune pitié. Il avait rapporté une forte balafre sur les bras, récoltée lors d'un combat de rue. Il était chargé de collecter et de remettre l'argent à un autre responsable qui l'attendait dans un lieu donné. Deux policiers en civil le prirent en chasse. Après quelques coups échangés, il réussit à s'enfuir blessé par son adversaire avec un couteau. “Les temps sont durs, là-bas aussi”, ne cessait-il de répéter, pris dans ses souvenirs.

Mohamed fut embauché à la ferme comme ouvrier agricole chez le colon. Et le soir, il s'occupait de ses activités clandestines. Il ramenait souvent des maquisards, leur offrait le gîte pour la nuit. Quand il n'y avait plus de restes de la veille, ma mère se dépêchait de cuire une galette et un ragoût de pommes de terre, que nos hôtes avalaient goûlument. Ils étaient grands et maigres. La faim se lisait dans leur regard. C'était à se demander où ils trouvaient la force de résister et de combattre. Mohamed les raccompagnait après le repas. Il ouvrait le chemin en éclaireur et ils partaient en file indienne, le corps plié. Ma mère les recommandait à Dieu. Ils passaient toujours par le jardin. Les arbres et les figuiers de barbarie, très denses les dissimulaient et la nuit les engloutissait en même temps que leur ombre.

Pourtant, un jour la panique nous gagna tous. Mon oncle avait reçu un jeune maquisard blessé au bras. Le sang avait même traversé l'énorme bande déjà maculée. Ma mère nettoyait sa blessure. Mon oncle réunissait les révolvers. Des grincements de frein nous figèrent de terreur. Ma mère fit disparaître les compresses sous les couvertures. Mohamed poussa le beau maquisard derrière la porte qui donnait sur le jardin. Tante Sahra enfouit les révolvers sous une marmite. Les militaires nerveux firent le tour des pièces. “Rien à signaler ?” “Non, pourquoi ? ” répondit mon oncle dans un parfait français. “Un de vos chiens de rebelles a été vu dans les parages, le premier qui lui ouvre sa porte on lui arrache les couilles et on lui baise sa femme, compris ?”. N'ayant rien trouvé de suspect, il se dirigea vers la sortie, et lança un dernier avertissement : “Attention !”. Il referma la porte dans un grand bruit. Mohamed se tourna pour la verrouiller. Ma mère et Sahra reprirent leur respiration et récitèrent “Chahada” (profession de foi). La femme de mon oncle Arezki, paralysée par la peur, eut du mal à se remettre de coliques aiguës. Maudite guerre, quand cessera-t-on de vivre en bêtes traquées ?

Au printemps, ma mère et sa sœur se lancèrent dans la poterie. Une vieille femme leur avait apporté un seau de terre d'aspect brillant et gluant. Pendant des heures, elles pétrirent la pâte. Puis elles formèrent des disques, des tubes, des cylindres que peu à peu elles acollaient à la base, qu'elles étiraient, tournaient, creusaient. Leurs doigts agiles travaillaient vite et bien. Il fallait œuvrer rapidement avant que la pâte ne se déshydrate. Et le travail était loin d'être monotone.

Les deux sœurs, dans leur création commune trouvaient toujours le temps de jeter quelques plaisanteries. De ma vie, je ne verrais ma mère autant rire. Lorsque la cruche ou l'amphore avaient pris forme, elles les exposaient au soleil, pendant une période donnée, puis terminaient la cuisson au jardin à l'écart dans un coin où elles avaient installé un four assez primaire mais qui répondait à leurs besoins. Une fois le travail de cuisson achevé, elles peignaient les poteries avec des couleurs naturelles qu'elles composaient elles-mêmes. Le vert, le rouge et le noir étaient les couleurs dominantes, et faisaient beaucoup d'effet sur la couleur naturelle de la poterie. Les mêmes motifs revenaient souvent, des fresques en forme de serpents, des losanges, des peignes, tout à fait rudimentaires intercalés par des cercles concentriques pleins ou vides. Le coup d'œil juste et la bonne utilisation de la couleur faisaient en sorte que la peinture ne bavait pas sur l'objet. La couleur verte de la peinture, était obtenue en écrasant des morelles contre des pierres. Lorsque leur frère acceptait de délier la bourse, elles investissaient dans l'achat d'un vernis. Ce qui donnait un éclat à leur œuvre d'art. Elles procédaient de nouveau à l'opération du séchage. Les voisines d'en face venaient, voilées, admirer la qualité du travail. Pour mieux apprécier les objets, elles les prenaient, et les caressaient amoureusement. Et devant un tel tableau, ma mère et Sahra devaient céder l'objet contre une pièce. La collecte était remise à Arezki, le chef de famille ; il y avait toujours un léger détournement de fonds qui allait s'évanouir sous les piles de robes soyeuses ou les chaudes couvertures. Mais cet argent refaisait surface dans les moments utiles. Il était dépensé pour de menues emplettes, à l'occasion du passage du colporteur par exemple qui proposait des articles multiples : fil à coudre, aiguilles, élastique, dentelle, khôl, pince à épiler, parfum, savonnettes. Si l'argent n'était pas utilisé pour des achats personnels, il était soigneusement conservé pour une parente ou amie prête à accoucher, afin d'assurer l'achat d'une douzaine d'œufs. La transaction ne se faisait pas directement avec les femmes, et le colporteur ne s'aventurait jamais à rentrer dans la maison. Il attendait dehors, pas trop près du seuil. Un jeune enfant jouait l'intermédiaire.

Les deux sœurs étaient toujours incitées à aller de l'avant. De vraies artistes soucieuses de tester les limites de leur capacité. Lorsqu'elles dégustèrent la réussite de leurs travaux, soutenues par les compliments chaleureux des vieilles visiteuses, elles décidèrent de se lancer dans la création de "ayufi", grande jarre de terre d'argile qui pouvait contenir plusieurs kilos de semoule ou autres denrées alimentaires que l'on empilait pour se préserver de l'âpreté du manteau de l'hiver. Plusieurs jarres ainsi réunies dans la cuisine, de taille moyenne contenaient la réserve qui apaiserait nos ventres toujours affamés. D'ailleurs certaines jarres pouvaient contenir un poids de cinquante kilos. Mais ces spécimens n'habitaient que les maisons aisées. Ma mère et sa sœur s'engagèrent donc dans cette entreprise. Pour elles, c'était une aventure. Au préalable, elles avaient supputé toutes les chances d'échec et de réussite. En cas d'échec, il fallait absolument taire cette initiative à Arezki, qui avec sa vraie mentalité de Kabyle, était aussi avare qu'un Auvergnat. Il aurait alors tempêté contre ses sœurs et leur aurait reproché leur insouciante manœuvre, insistant ainsi sur le rôle indispensable de pourvoyeur d'argent qui doit nourrir toute une famille nombreuse riche de bambins qui n'ouvrent la bouche que pour manger. Il jouait l'indispensable, l'homme affairé soucieux, alors que question finance, il était épaulé par son frère Mohamed. Mais Arezki a toujours aimé l'argent, et avant de le convaincre de céder "un douro" (cinq centimes), il fallait le préparer des mois auparavant. Car une telle demande lui déclenchait des crises d'insomnies qui le laissaient morose. Alors, les deux sœurs complices avaient organisé un véritable plan de travail, en fonction de l'absence de l'horrible avare. Elles s'étaient mises à l'œuvre juste après son départ. Je suis sûre que Sahra avait bien veillé à son départ en le suivant par le trou de la serrure. Elle ne l'a pas quitté des yeux jusqu'à ce que sa chéchia tombe derrière la côte bosselée. "Iruh" (il est parti), confirma-t-elle à sa sœur qui riait de sa méfiance. Alors elles déployèrent toute leur énergie pour ce travail accompli en cachette. Heureusement pour nous, la femme d'Arezki était d'un caractère agréable.

Sachant ses deux belles-sœurs occupées à la tâche qu'elles s'étaient réservée, elle se chargea de réveiller les enfants et du travail ménager quotidien. Elle a toujours été solidaire des deux sœurs. Ne profitant d'aucune aubaine pour semer la discorde. Car sa place lui assurait les moyens de le faire. Beaucoup de femmes auraient abusé de leur position, pour susciter la colère du mari et la faire retomber sur le dos des autres femmes du groupe. Lorsqu'enfin la jarre prit ses dimensions réelles, elles l'exposèrent à l'endroit le plus propice au soleil. C'était une œuvre imposante, comparée aux cruches et aux amphores. Et lorsque le soir allait tomber, avant qu'Arezki n'emprunte la côte bosselée, doucement avec d'énormes précautions comme si elles déplaçaient une mariée, elles entraînèrent leur trophée dans la petite pièce sombre qui servait de débarras, le protégeant ainsi du regard de l'avare. Elles attendaient un séchage complet par cuisson, avant de l'exposer, en toute évidence au frère qui aurait feint la surprise et l'admiration en ne montrant qu'un haussement d'épaules.

J'ignore ce qui se passe dans la tête des hommes. Mais un matin, de bonne heure, les soldats nous avaient ordonné de nous regrouper sur la place du village. Mes deux oncles étaient là, leur absentéisme au travail me fit craindre le pire. Toutes les maisons vomirent leur monde qui vint s'agglutiner pudiquement sur la place. Ce sont les violentes bousculades des soldats qui nous rapprochèrent. Hommes, femmes, enfants vieillards, valides et invalides étaient au rendez-vous. Les femmes n'ayant plus assez de pans auxquels s'aggripaient les enfants, dans un geste de pudeur et de dignité, faisaient lâcher prise aux mains des enfants qui se crispaient sur leurs formes pour retenir leur voile qui voulait abandonner leur corps. L'angoisse grandissait dans la foule. Les gestes des soldats se faisaient nerveux. Leurs brusques pirouettes nous rappelaient qu'ils étaient maîtres de nos vies. "Papiers ?". "Nom ?" disaient-ils sèchement aux hommes qu'ils désignaient. Les hommes répondaient tête baissée, comme des collégiens inculpés face à un conseil de discipline. Les soldats étaient accompagnés par un homme que nous avions tous reconnu puisqu'il s'agissait de Ahmed le harki. Il était issu d'une famille misérable, dont le lopin de terre que son père cultivait ne suffisait pas à nourrir la nombreuse famille, riche d'une ribambelle de gosses qui se suivaient par leur taille. Sa sœur cadette agée de quatorze ans était dans l'obligation de travailler. Elle était employée comme bonne à tout faire chez le directeur d'école. A l'âge où les filles sont mariées et cloîtrées derrière leur maison, Zohra faisait tous les jours la navette. Comme ils habitaient à l'autre bout du village, elle devait passer devant la djemaâ aux heures mêmes où le quartier regorgeait d'hommes, surtout le jour de marché. Les garçons la chahutaient. Elle passait honteuse, rasant les murs comme une voleuse. Ahmed souffrait de voir leur honneur ainsi bafoué. Il convoitait la solde de l'engagé. Il prit alors les armes sous le drapeau français. Il se pavanait près des soldats, il gesticulait, il commentait, il se savait fort, car il s'était rangé du côté de la force facile. Il était plus féroce que les soldats. Il questionnait avec arrogance l'un, l'autre. Il confrontait les témoignages et les réponses qu'il traduisait ensuite aux gradés. Il était traducteur, juge, arbitre, mais traître avant tout. Les plus faibles, que leurs jambes abandonnaient, s'asseyaient par terre à même le sol et, dans un hurlement de tonnerre, les soldats à coups de pieds et de crosse arrosaient cette peuplade biblique sortie de son gourbi. “J'ai dit debout, bande de fainéants”. Des bras familiers avaient alors soutenu les vieillards tremblotants. J'en ai vu pleurer discrètement. Un autre se tordait de douleur, atteint dans les parties. Il était midi, nous ne sommes toujours pas autorisés à nous disperser. Le soleil frappait comme du plomb sur nos têtes nues. Les bébés, étouffés par la chaleur, gémissaient leur malaise. Les enfants tremblaient de peur. Certaines femmes tendent leur sein vide pour essayer de tromper la faim et la soif des enfants. Les gorges étaient sèches. Un vieux valide lance un dernier appel de détresse à Dieu “ya Rebbi” (mon Dieu). Mais Dieu semble absent, seul l'armée faisait acte de présence et de violence indiscutable. Le harki n'avait pas perdu de sa hargne, il haranguait et menaçait la foule. Sous nos yeux, les soldats se désaltéraient, s'humidifiaient le corps d'eau, leur uniforme mouillé renvoyant la forme de leur ossature. A chaque gorgée qu'ils avalaient, nous les accompagnions. Ceux qui avaient un reste de fierté les ignoraient. Nous restons assis encore pendant des heures. Tout à coup, grande bousculade, le harki revient en scène, accompagné du gradé. Il happe une vieille dans la foule, la questionne, la brutalise même. Son fils intervient. Des coups de poings sont échangés. "C'est bien lui, n'est-ce-pas ?" hurle le militaire. Les yeux du harki rayonnent de satisfaction. Il jubile même. Une rafale de mitraillette couche l'inculpé à terre dans une mare de sang. La mère s'avance vers son fils, le harki lui envoie un coup dans le ventre, elle tombe mais ne crie pas, ne hurle pas, c'est là où est sa force. Elle se relève en direction du harki, marche et digne, le fixe dans les yeux et crache sur lui de toutes ses forces. Le harki la gifle violemment, elle ne répond pas, ne vacille pas. Le soldat lui assène un grand coup de crosse dans les reins qui la fait plier, elle rampe alors jusque devant le corps de son fils, lui relève la tête, le soulève, le berce et chante "a mmi a yaâziz-iw" (mon fils, mon chéri). Des you-yous sont spontanément lancés pour aider à mourir le moudjahid agonisant par terre. Il s'est battu en héros, il est mort entouré et encouragé par les siens. Il a eu droit à l'honneur réservé aux héros, il est mort en héros. C'est la panique, les militaires surpris restent bouche bée devant une réaction aussi audacieuse. Il a suffi d'un cri, d'un simple cri de femme pour que le courage émerge et nos ongles ont davantage creusé la paume de nos mains. Ce you-you a symbolisé tout notre désir de vivre et de continuer le combat. Ce cri, c'est notre second souffle. C'est notre vie. Même si le traître a été surpris de notre audace, il n'a même pas eu le temps d'effacer les traits de méchanceté sur son visage. Le militaire responsable du regroupement arrose le ciel de quelques coups de mitraillettes pour réinstaurer le calme. Mais surtout pour nous rappeler que le pouvoir c'était encore lui qui le détient. Nous sommes restés jusqu'au soir, quelques heures avant le couvre-feu. Avant de nous relâcher, les avertissements se mirent à pleuvoir. "Voilà ce que l'on fait aux *fellagas*", dit-il en désignant le mort. “Inutile de résister, vous n’avez aucun moyen, aucune chance, Ahmed, lui est un homme intelligent”, dit-il en désignant le harki qui s’empourpra soudain d’extase comme une jeune fille que l’on courtise. “Lui, il a compris. Il a fait le bon choix en se rangeant sous nos couleurs. Mais je vous le répète, pas de pitié pour les fels. N’hésitez-pas à nous informer de toute attitude suspecte. Nous savons récompenser les hommes coopérants”. Il nous fit signe de nous disperser. Les militaires qui nous encadraient desserrèrent les rangs. Chacun se pressait à regagner son domicile. Nous nous sommes tous précipités sur la cruche d’eau pour désaltérer nos gorges desséchées. Plus personne n’avait la force de bouger, et pour quoi faire en plus ? Adossée au mur, j’assistais une deuxième fois à la scène. Le courage du fils, uni à celui de la mère. Et ce soir, je sais que beaucoup de pensées se tourneront vers eux.

Je pensais que la guerre nous promettait des temps difficiles. L’obstination des deux camps ne fit que s’endurcir car personne ne voulait comprendre et écouter. Il était vrai que le temps n’était plus au dialogue. Que seule la violence parlait et s’imposait. Une violence aveugle transformait l’homme en animal, lui faisant perdre toute notion du bien et du mal, de la justice et de l’injustice. Sa seule préoccupation restait l’entêtement dans sa marche. Il lui était impossible de s’arrêter, faire le point, analyser, interroger l’évènement. C’est vrai que l’école militaire ne permet ni la réflexion ni l’interrogation au soldat, car il n’est qu’un instrument dans cette machine infernale, alors que les grands manipulateurs jouent, à l’abri de toute égratignure, le grand jeu de la guerre sur le tapis des échecs.

Nous étions souvent dérangés la nuit par des rafales de mitraillettes. Le bruit sourd était si proche que nous craignions à tout instant que la porte ne soit criblée de balles. Une autre fois encore, il y eut une telle force de tirs, si répétés et suivis que nous avions cru à un bombardement ; même les murs avaient tremblé, ce qui n’avait fait qu’accroître notre peur. Partout le danger régnait, les arrestations et les disparitions se multipliaient. La Kabylie était devenue le cœur de la rébellion. Un jour, nous avions reçu des parents éloignés que nous avions dû héberger. Leur village avait été incendié par l'armée avec la complicité des harkis. Ils n'ont rien pu sauver. Ils ont marché pendant des heures à pied pour parvenir jusqu'à nous. Pendant longtemps, la femme avait été traumatisée, car partie non voilée, exposant ainsi son visage à la vue de tous les gens qui l'avaient croisée. Mais je me souviendrai toujours de cette peur qu'ils ne pourraient jamais oublier. Ils paraissaient absents, enfermés dans un état second. Incapables de tenir une conversation, ne répondant aux questions que par des mono-syllabes ou des hôchements de tête. Il a fallu les prendre totalement en charge pendant plusieurs jours, le temps qu'ils retrouvent leurs esprits. Nous avions la chance d'avoir une maison spacieuse, mon oncle leur légua une pièce attenant au jardin, ce qui leur permettait d'être indépendants. La maison était essentiellement construite en torchis, c'était plus qu'ils ne pouvaient espérer. Les après-midi, la femme venait nous informer de leur condition de vie au village. J'avais retenu que l'armée se livrait aux pires atrocités de tous genres, les harkis se faisaient soudoyer avec de l'argent, des bijoux, des couvertures, des poulets, et des œufs, bien précieux en ces temps où la disette faisait des miséreux.

Mokhtar avait repris le chemin de l'école selon le bon vouloir de nos administrateurs, en attendant leurs prochains caprices pour des vacances forcées.

Ma mère et mes deux tantes étaient devenues nerveuses, elles ne cessaient de coudre, de tisser, stockaient de la pâtisserie (makrout, lkaâk). Auparavant, elles avaient même repeint les pièces principales. J'avais pensé à un nettoyage de printemps. Mais hélas, je m'étais trompée. Sahra allait se marier. Ma douce tante, ma petite fée, celle qui m'abreuvait de douceur, de tendresse, de contes inépuisables et éternellement beaux. Ma petite fée qui me berçait de son souffle chaud la nuit sous les couvertures. Quel est l'homme qui osait donc me la prendre ? Les jours qui suivirent furent aussi laids et pesants que la mort. Sahra nous manquait. Ma mère essuyait de temps à autre des larmes furtives. Et moi ma tante, si tu savais la place immense que tu occupais dans mon cœur. Si tu savais combien nos rencontres le soir autour de lkânun étaient vides, même les braises sont devenues pâles depuis ton départ. Il n'y a personne pour nous faire tressaillir de joie ou de peur alors que dans tes récits, tu nous promenais tour à tour chez le riche sultan ou chez l'ogresse friande d'enfants. Soudain nous étions privés d'une voix qui vibrait encore en nous, d'une compagnie et d'une compagne que personne ne pouvait remplacer. Ce qui est bizarre chez l'humain, c'est qu'il ne sait jamais apprécier à leur juste valeur les moments privilégiés de son existence, et c'est lorsque l'absence d'un membre du groupe apparaît que l'on s'émerveille de ses capacités et on prend en compte toute ses qualités.

Heureusement Sahra avait épousé un homme bon. Au moins elle ne serait pas victime d'un hasard aveugle. Elle habitait la rue derrière notre maison. Mais ma mère m'interdisait de m'y rendre trop souvent, craignant les colères de la belle-mère de sa sœur. En ménageant la vieille, elle ménageait sa sœur, car chacun sait que seule ma tante aurait payé les frais d'une telle irritabilité. Mais dès que Ramdane, le mari de Sahra, me surprenait dans la rue, il me portait dans ses bras et me ramenait à sa femme qui rayonnait de joie. Ramdane était un homme généreux, il me gavait de toute sortes de friandises. Et quand j'ai vu la tendresse qui se lisait dans son regard lorsqu'il s'adressait à Sahra, je l'ai tout de suite aimé. Quelquefois ils venaient tous les deux nous rendre visite. Arezki les invitait à partager notre souper. Ramdane acceptait car il savait que sa femme appréciait ces rencontres. Après le repas, des informations étaient échangées sur le conflit actuel, des noms de morts étaient évoqués. Des espoirs pour une fin prochaine étaient formulés. Des soupirs se lâchaient puis quelques broutilles sur la quotidienneté, des silences en pointillés permettaient un redémarrage de la conversation. Et avant que la nuit ne vienne soupçonner la moindre silhouette. Ramdane se levait, prenait congé de l'assistance, Sahra le suivait dans son mouvement vertical, se dirigeait vers la pièce pour se munir de son voile qu'elle avait déposé en arrivant, ce voile qu'elle portait avec grâce. Elle nous embrassait tous, et tous deux s'engouffraient dans la fraîcheur de la nuit.

L'armée, aidée des harkis, ne nous accordait aucun répit. La nourriture faisait défaut. Le garde-champêtre nous remettait des tickets de rationnement, et Arezki, après une longue attente dans la file interminable, ramenait un paquet dans lequel se trouvait du riz, du sucre, du café, du lait. La quantité était donnée avec une parfaite parcimonie. Et certains, n'ayant pas le libre choix, sacrifiaient leurs maigres parts aux harkis dodus qui leur promettaient la sécurité et la protection. Ces mêmes parts revenaient sur le marché noir à des prix exorbitants. Et autour de toutes ces injustices, une merveilleuse chaîne de solidarité était tissée. Tous les excédents en semoule récupérés à la hâte derrière le dos d'une surveillance quelconque, étaient réservés aux moujahidine. C'était ainsi qu'à la maison, le soir, dans la clandestinité, des hommes apportaient des sacs de semoule, que ma mère et ma tante s'appliquaient à pétrir pour faire des galettes bien rondes qu'elles coupaient en deux d'un geste sec après la cuisson. Elles les enveloppaient dans un tissu pour les déposer enfin dans le sac que l'homme leur tendait. Une nuit, je m'étais avancée vers ma mère qui cuisait la dernière galette sur le tajin, et je humais son odeur qui m'ouvrait déjà l'appétit. L'homme, attendri, avait compris ma faim, il enfonça sa main dans le sac pour me remettre une moitié de galette encore fumante. Inhabituée à une telle bonté, j'étais d'abord surprise. Ma mère lui remettait la dernière galette de semoule qu'elle sortait du tajin. L'homme la saisissait rapidement et la plaçait parmi les autres. Puis toujours pressé dans ses rendez-vous nocturnes, il prenait congé de nous en se faufilant derrière les arbres. C'était après son départ que je réalisais la valeur du précieux cadeau offert par le moujahid sensible et généreux. Je commençais à croquer. Puis soudain honteuse de mon geste, j'avançais en direction de ma mère et ma tante pour leur proposer mon frugal repas gagné à la sueur du hasard. Je n'avais pas insisté et j'avais dévoré seule ce morceau de semoule qui réconfortait mon ventre.

VI

LA MORT DE RAMDANE

Il y avait bien longtemps que des rumeurs circulaient à la maison, concernant la difficulté d'entente entre Sahra et sa belle-mère. Ce genre de situation était de bonne guerre. Toutes les belles-mères se hâtaient de ramener une femme à leur fils. Et à peine entrée, la belle-mère commençait à reprocher à sa belle-fille de lui avoir volé son fils. Très vite, la jeune épousée devenait un véritable bouc émissaire pour la belle-mère castratrice. Bref, je m'étais mise à détester la mère de Ramdane qui faisait souffrir ma tante. Je ne répondais jamais à son faux sourire qu'elle arborait devant les gens de l'extérieur, comme un véritable étalage factice. Je remarquais que le ventre de Sahra prenait forme. Un jour nous étions tous partis lui rendre visite, elle me tendit un bout de chair rose qui remuait et me dit "d'yellis n khalt-im" (c'est la fille de ta tante). Sahra était pâle mais rieuse, euphorique même de nous voir tous à son chevet. Sa petite fille, elle l'avait appelée Fatima. Ma tante, comparée à ma mère, avait droit au respect que l'on marque à nos parturientes, et cette différence m'avait beaucoup surprise. Il y avait de la viande, des beignets, et des œufs. Lorsqu'un accouchement s'annonçait, toute la famille raclait le fond de ses tiroirs pour faire honneur à l'accouchée. Je savais aussi que Ramdane était un homme bon, il veillait à ce que sa femme bénéficie au moins de l'essentiel. Contrairement à d'autres, il était fier de sa fille qu'il tenait maladroitement dans ses bras, ce geste faisait piaffer de rire les femmes, riches de ce genre d'expériences.

Je ne me souvenais pas très bien dans quelle circonstance Ramdane était venu demander l'hospitalité à mon oncle Arezki qui céda tout de suite au jeune couple une chambre. Ma tante était longue à dérider. Elle avait beaucoup changé. Son esprit d'avant et son entrain avaient pris place sur un nuage de soucis. Malgré ses gestes tendres que je retrouvais, il y avait tout de même une certaine absence. Ramdane s'était brouillé avec sa famille, car il ne tolérait point les injustices que Sahra subissait. Il aimait beaucoup ma tante qui le lui rendait, et il n'aurait jamais accepté que le moindre mal lui soit fait. C'est pourquoi il préférait la brouille familiale à la déchirure d'un bonheur. Son choix le démarquerait pendant longtemps des siens. Il avait pris soin de ramener avec lui son vélo, unique fortune et seul moyen de locomotion, qui lui assurait sa mensualité. Son lieu de travail était assez éloigné. Il était employé chez un grand viticulteur spécialisé dans la production du Muscat. Peu à peu Sahra retrouvait goût à la vie. Pendant l'Aïd que nous fêtions avec nos quelques convives, Ramdane toujours dans sa bonté naturelle, m'avait offert un coupon de tissu relativement onéreux pour sa bourse. Ma mère lui en avait fait le reproche mais il s'était justifié en avançant qu'il avait mesuré l'importance de cette période où les échanges des cadeaux avaient leur poids et leurs symboles, alors que moi par l'absence de mon père, j'étais privée de sa générosité. Mais Ramdane ne pouvait pas comprendre à quel point j'ignorais mon père. Ce père que, dans ma tendre enfance, je ne percevais qu'entre deux portes. Ses éternelles absences m'habituèrent à me sevrer de son image. Donc à quoi bon pleurer un père que je n'ai jamais eu ? Je n'ai éprouvé que de l'indifférence pour lui, et la distance qui nous séparait ne me chagrinait guère. Arezki en ce jour de clémence annuelle a répondu à l'appel de la charité islamique. Ma mère était même intriguée de sa générosité inhabituelle. Il lui avait remis un peu d'argent pour que celle-ci puisse faire quelques emplettes pour la circonstance. En parfaite économe, elle avait fait l'achat de produits les moins coûteux, et s'était dépêchée de rendre la monnaie à son frère qui avait l'audace de l'enfouir dans sa main noueuse. Ma mère le remerciait, et d'un geste insignifiant, il répondait "d sadaqa" (c'est une offrande). Et des années plus tard, nous apprendrons que mon père adressait des mandats réguliers que mon oncle encaissait sans qu'il informât ma mère qui se lamentait tous les jours, consciente de représenter une lourde charge pour son frère : "sadaqa" sur le dos de mon père, n'est-ce-pas mon oncle ?

Le grand brasier de violence guerrière était loin de s'éteindre. Les soldats avaient atteint un tel degré d'animosité que je n'éprouvais à leur vue qu'un sentiment de répulsion et de peur profonde. J'avais si peur que lorsque je devinais leur arrivée qu'annonçaient des grincements de pneus, je suppliais ma mère de me cacher dans le coffre. L'uniforme, quel qu'il soit, m'horripile. Pendant toute une journée, après une nuit de rafales échangées, ils collèrent sur toutes les portes l'effigie du général De Gaulle, nous fustigeant de toutes sortes de menaces en. cas de retrait. Les militaires étaient arrivés pour cette opération avec un seau de colle et un grand pinceau. L'information qui nous avait été communiquée annonçait la prochaine visite du général. Certains adolescents avaient avoué que les militaires les avaient parqués dans leurs camions pour acclamer le général, ce qui permettait de constituer les premiers éléments d'une foule factice.

Les attentats de l'O.A.S., tous aussi criminels les uns que les autres semaient la terreur. Aux directives menaçantes de l'armée française et des harkis s'ajoutaient celles de l'armée "secrète" qui tuait froidement. Les cafés maures, les souks, étaient leurs lieux de prédilection. Un climat de méfiance s'instaurait, les dénonciations mensongères et non fondées pleuvaient. Il suffisait qu'un voisin, envieux et aigri par l'atmosphère difficile du moment, jalouse le nouveau burnous d'un autre pour l'accuser de complicité avec les rebelles. On arrivait à un tournant de l'histoire où les évènements avaient besoin d'être guidés, orientés. C'était peut-être pour cela qu'il était question de pourparlers, de négociations avec le peuple algérien. Mais pendant plus d'un siècle nous avions vécu les uns à côté des autres sans nous connaître. Pendant plus d'un siècle, nous avons été méprisés, derrière les clôtures qui se sont érigées toujours plus haut, très haut même pour mieux nous ignorer. Certains ont accaparé un espace, et se sont confortablement installés, ils en ont fait leur principal orgueil. Leurs enfants ont grandi dans l'aisance et le luxe, et leurs nourrices, pour la plupart des "indigènes", ont offert leur lait et torché la merde de leurs morveux au prix d'une poignée de couscous dont chaque grain a été pesé. Pendant plus d'un siècle, cela a été le point mort, et le point mort, c'est l'incompréhension.

J'ai souvenir de cette discussion échangée entre Da Slimane et le directeur d'école, à propos de la différence de solde entre un instituteur français, et un instituteur indigène. Les propos nous ont été rapportés par les jeunes élèves du certificat d'études.

"Tu sais, disait le directeur, la différence est tout à fait justifiée. Réfléchis, un européen doit atteindre un certain niveau de vie, surtout s'il s'agit d'un cadre moyen comme moi. Nous aspirons à des désirs, à des demandes que nous devons satisfaire, parce que notre appartenance à cette classe sociale l'exige, tandis que vous, les indigènes, vos besoins sont inexistants, vous pouvez vous nourrir avec une poignée de couscous, les besoins matériels chez vous n'ont aucune raison de naître, tu comprends Slimane ?".

Da Slimane, placide, le fixa longuement avant de répondre :

– "Oui, je comprends, et c'est pour ça que vous avez conservé l'Indochine." Sa réponse était passible d'une condamnation. Pendant longtemps, la famille de Da Slimane avait craint pour lui.

Je détestais ces soldats qui croquaient du chocolat au lait

devant nous, très provocateurs, imbus de leur pouvoir. Une voix me disait que certainement les Français de France étaient meilleurs. Je faisais d'énormes efforts pour me les représenter. Je refusais de coller cette étiquette d'hommes violents aux Français de la Métropole. C'était pourtant la seule image que ces pantins en uniforme voulaient nous laisser de leurs semblables.

Nous avions faim malgré la distribution de rations toujours insuffisantes. Mais d'autres souffraient plus que nous. Car nous disposions d'un jardin qui pouvait combler quelques carences. Les harkis détenaient beaucoup de produits de première nécessité qu'ils revendaient au prix fort au marché noir. Et plus la guerre persistait, plus nous subissions les répressions de tout ordre, et de tout camp. L'armée, les maquisards ne cessaient de nous faire part de leurs menaces. Ma famille n'avait rien à craindre de ces derniers. Ils combattaient tous, y compris les femmes, dans la clandestinité de la nuit. Quand on évoquait la torture, les hommes parlaient, effrayés par l'épreuve de l'électricité, de la baignoire. Je ne comprenais pas toujours très bien. Mais nous étions atteints par un tel degré de violence, que même les femmes étaient arrêtées et torturées à leur tour. Je me souviens de Khadidja, accusée d'être agent de liaison, à qui on aurait coupé, paraît-il, les seins. Même après avoir subi les pires atrocités, elle n'avait jamais lâché aucun nom. Le camion de l'armée était venu la jeter devant la porte. Les siens ont accouru. Elle était méconnaissable, seuls ses vêtements étaient un indice pour sa famille. Les cris de douleur nous parvenaient. Et je me bouchais les oreilles très fort avec les mains pour ne rien entendre de ce monde pourri qui se nourrissait de sang et de haine. La mère de Khadidja ne vint plus nous rendre visite. Elle s'était enfermée dans ce mutisme et ce délire propres aux gens que la disparition d'un être cher bousculait dans une mort lente. Nous continuions de vivre malgré tout, dans l'incertitude de l'heure qui suivait.

De nouveau ma mère et ma tante devinrent fébriles et commencèrent un nettoyage sérieux de la maison. Je ne comprenais pas pourquoi tout ce zèle, sachant que c'était des femmes qui exigeaient la propreté à tout moment. Mais quand les invités affluèrent, accompagnés d'une femme enveloppée d'un burnous, je compris qu'il s'agissait tout simplement du mariage de mon oncle Mohamed. Yamina, l'épouse de mon oncle, était une belle femme. Son intelligence vint s'ajouter à l'entente des autres femmes. Je ne les ai jamais vues se quereller, ce qui était rare chez nous, car les jalousies et les brouilles sont les nombreuses sources de disputes entre belles-sœurs aigries et sottes.

Yamina était atteinte elle aussi de la maladie du ventre rond. Et ses belles-sœurs, heureuses de cette attente, satisfaisaient ses moindres envies. Assises dans un coin de la pièce, les femmes triaient les armes et les cartouches qu'elles avaient reçues et qu'un messager secret et discret devait récupérer la nuit venue. Soudain Mokhtar rentra essoufflé en claquant la porte "lâaskar, lâaskar" (les soldats, les soldats). Ma mère, toujours ingénieuse, enveloppa en quelques secondes le tout dans un foulard, souleva les jupons de Yamina et maintint le tout autour de son ventre. Cette dernière restait perplexe et bouche bée, paralysée par la peur. Ma mère la bouscula dans la pénombre de la pièce, lui remit la corde qui servait à attacher la courge dans laquelle on barattait le lait, et lui fit comprendre de simuler un accouchement. Les soldats entrèrent brusquement, se rendant maîtres des lieux, et lorsque l'un d'eux devant la porte observa longuement ma tante qui simulait des mouvements de douleur, serra ses mains sur sa mitraillette, nous avons tous imaginé un instant qu'il allait vider le contenu de son arme sur la malheureuse. Il paraît que c'est déjà arrivé dans d'autres villages. Les soldats se débarrassaient d'une manière très expéditive de la graine de "fel" pour reprendre leurs propres expressions. Puis le soldat sortit de sa réflexion pour annoncer "celle-ci va pondre un garçon". Aucun indice ne permit aux soldats de s'éterniser davantage sur les lieux qu'ils quittèrent rapidement. Ma tante relâcha la corde et s'évanouit de peur. Ma mère la secourut, aidée de mes tantes, qui la débarrassèrent très vite de ce deuxième ventre, véritable mini arsenal ambulant. Après avoir retrouvé leurs esprits, chacune partit dans un rire nerveux. Elles rirent longtemps de l'avorton d'armes que Yamina avait porté. Quelques mois plus tard, j'ai vu Yamina se tordre de douleur. Elle avait beau pousser, aidée par la corde suspendue au plafond et le soutien précieux de ses belles-sœurs, l'enfant refusait de descendre. Autour de Yamina il y avait une nappe de sang que les femmes nettoyaient chaque fois qu'elle se manifestait. Même la compétence de la sage-femme qui dirigeait le déroulement des actes restait impuissante. Les hommes avaient déserté la maison. C'était ainsi que pendant deux jours, Yamina resta à hurler seule toute sa souffrance d'enfanter. Au matin du troisième jour, elle donna naissance à un petit garçon. Mes tantes essuyèrent des larmes de joie. Les hommes regagnèrent la maison. Ce fut alors l'accumulation d'œufs, de beignets. Les parents proches de Yamina vinrent lui rendre visite.

Toute la journée et la nuit, la maison avait subi les secousses d'une attaque rageuse. Un mur a même été lézardé. Au petit matin, les bruits n'avaient toujours pas cessé. Mohamed fut arrêté par les gendarmes pour simple vérification d'identité qui s'éternisa. Arezki nous ordonna de nous tenir près de la porte prêts à fuir au cas où la maison s'effondrerait. Nous nous tenions prêts les mains vides. Yamina tenait son fils dans ses bras, et elle avait pris soin de cacher entre ses seins une boite de lait, utile sur les chemins déserts. Nous sommes restés là debout, à attendre je ne sais quoi. Le soir, le calme vint momentanément nous apaiser. Nous sursautions au moindre bruit, prêts à fuir.

Un jour, un homme brun, aux lunettes de soleil et aux allures de touriste, entra dans le patio. Tout le monde l'avait reconnu, sauf moi. Tout le monde le salua sauf moi. Je restais à l'écart du cercle. Ma mère me propulsat en avant et me dit : "ruh γar baba-m" (va voir ton père). Comment appeler cet imposteur "vava" (papa) alors que je n'ai jamais eu de père. A aucun moment je n'ai pu imaginer son existence. A mes sœurs et moi-même, il ramenait des robes, à nouveau, et une poupée que l'on trouva si belle, comparée à nos poupées de chiffon, qu'on osa à peine y toucher. Tous les articles de France étaient soupesés et appréciés pour leur qualité. Cet homme, venu de Paris, vint subitement renverser nos habitudes. J'ai eu beaucoup de mal à prononcer "vava" car c'était un mot qui n'existait pas dans mon vocabulaire. Il resta quelques jours et je compris qu'il était venu pour nous emmener en France. Mais avant le départ, cet illettré passait son temps à nous enseigner le français et le calcul. Ses méthodes pédagogiques ont laissé quelques traces dans nos mémoires. Aucune erreur n'était tolérée par ce maître imposteur qui n'avait aucune pitié. Répéter des mots en français, quand on manie mal la langue, n'était pas très compliqué, mais calculer en français devenait un véritable calvaire, d'autant plus qu'à chaque erreur il me flagellait les orteils avec une baguette fine et flexible. Mes larmes et mes cris ne le firent point flancher. Il ne cessait de me dire "répète". Et ma mère intervenait dans ces leçons qui se soldaient toujours par des larmes et des disputes même entre mes parents. Depuis ce jour, j'ai maudit tout ce qui pouvait avoir la forme d'un chiffre.

L'intuition de ma mère nous a toujours intrigués. Elle s'était levée ce matin inquiète, triste. En secret elle avait confié un drôle de rêve à la femme d'Arezki et à Yamina. "urgaγ targith" (j'ai fait un rêve), leur dit-elle. Et dans ce rêve, Sahra lui avait demandé de découper un pantalon. Ma mère exécuta la tâche mais se rendait compte qu'elle avait raté la coupe. Angoissée, elle ne savait comment informer sa sœur. Mes deux tantes la rassurèrent. Pourtant ma mère sentait que quelque chose de grave allait se passer, mais elle était incapable de deviner la nature de cette chose. Toute la nuit, Ghania la deuxième fille de ma tante Sahra, n'avait cessé de pleurer. Ramdane, fatigué, émit un vœu dans lequel il espérait dans un jour proche trouver le repos du sommeil. Au petit matin, il se réveilla contrarié, il enfourcha sa bicyclette et en route il renversa sa gamelle dans la boue. Il fit marche arrière, croisa ses collègues et leur affirma dans un rire gêné qu'aujourd'hui Dieu voulait le priver de son repas. A midi, un homme en burnous suivi de Cheikh vint annoncer la mort de Ramdane asphyxié dans un puits. Les cris de ma tante firent soulever la toiture de notre maison. En proie à une violente douleur, elle se tapait les cuisses, se griffait les joues, son foulard avait abandonné sa belle chevelure. Elle était encore plus belle dans sa douleur de biche blessée. Ramdame le bon, le généreux, le partisan de la justice, avait sombré bêtement dans un puits privé d'oxygène, laissant là sa femme qu'il aimait tant, et ses filles orphelines d'un mot "vava" avant d'être orphelines d'un père. J'en voudrais longtemps à la mort qui, trop aveugle, abat d'une main sûre les quelques rares hommes qui ont conservé des valeurs et des principes honorables. Mais la mort choisit toujours parmi les meilleurs. Et les meilleurs nous quittent laissant derrière eux l'amertume de la vie. Ramdame, même si ton visage s'est effacé au fil des années, les gestes si bons et si nobles sont restés gravés dans mon cœur.

Salah, le cousin de mon père fut arrêté. Salah était un homme de grande valeur, très intelligent. Il avait une boutique à Oued-Amizour. Souvent, il justifiait ses absences par des invitations à la chasse auxquelles il répondait en compagnie de son chien Sultan. En fait il devait servir d'agent de liaison, et de reporter photographe aussi. Des documents ont été trouvés dans la caisse de sa boutique. Plus tard, la famille trouvera des caches tout à fait insolites, des photographies relatant la vie des maquisards dans la montagne. Salah a été affreusement torturé, il a trouvé la mort sur la place publique, la population a été contrainte d'y assister. "L'exemple doit servir", disait le capitaine qui s'est adressé en ces termes à la foule. "Nous avons trouvé un de vos chacals", et Salah, pieds et mains liés, répliqua : "Non, je ne suis qu'un rat de montagne". Il subit le supplice de l'eau et de l'électricité. Mais il n'a pas parlé. Il a emporté avec lui tous les secrets de ses activités. Aujourd'hui, chacun se souvient de ses dernières paroles "rat de montagne". Non dada Salah, tu es mort en héros, tu es mort comme un lion. Sur la place publique de la ville, une plaque commémorative porte ton nom. Quand je pense encore à ce héros, à ce lion, je revois ses grands yeux verts dans lesquels on pouvait lire la bonté. Je me souviens que lorsque ses enfants pleuraient, il reprochait toujours à sa femme Tassadit de ne pas s'en soucier. Car, disait-il, les larmes ne coulent pas gratuitement. Elles ont toujours une source, un prétexte et il faut savoir s'en inquiéter. La nuit quand un de ses nouveau-nés commençait à geindre, il se levait, et berçait l'enfant qui, sentant la protection paternelle, s'endormait aussitôt. Sa mère, tante Nono n'a jamais voulu accepter sa mort. Pendant quelques temps, elle soutiendra qu'il a réussi à fuir pour regagner le maquis. Plus tard, elle sombrera dans la folie. Elle errera dans les rues demandant des nouvelles de son fils au premier passant. J'avais si mal à la voir ainsi se dégrader chaque jour. Mon Dieu, pourquoi la guerre fait-elle germer tant de haine dans le cœur des hommes ? Pourquoi atteint-elle d'abord les innocents ? Pourquoi ce qui est juste et bon pour l'un ne l'est pas pour l'autre ? Pourquoi les coupables demeurent-ils intouchables ? Mes questions demeureront sans réponse, et mes cris de révolte resteront sans écho.

VII
L'EXIL

Ma mère commençait à préparer nos maigres affaires dans la valise neuve de mon père. Ses gestes étaient lents. Et je sentais qu'elle était davantage prête à affronter la pression de la guerre que l'exil prometteur d'une sécurité et d'une vie plus facile. Nous avions quitté mes tantes en pleurs, surtout Sahra qui nous avait accompagnés pendant longtemps de son regard mouillé.

Je n'avais même pas le courage de me retourner, car je savais que ma peine m'aurait trahie. Nous avions pris le train pour Alger. Il était bondé de monde, mais surtout de militaires. C'était la première fois que je montais dans ces cages métalliques qui avancent seules sans conducteur apparent. Nous avions été contrôlés à plusieurs reprises. Arrivés de nuit à Alger, nous avions pris une chambre d'hôtel. De nouveau, deux militaires sont rentrés vérifier nos papiers. Au petit matin, un taxi nous déposa à l'aéroport. J'ouvrais de grands yeux devant cet appareil métallique que j'apercevais si minuscule dans le ciel, alors que là, il semblait géant. Une fois dans l'avion, ma mère oublia pour longtemps son voile dans la valise. Nous avons eu droit aux sourires charmeurs des hôtesses. Une d'entre elles nous offrit des bonbons. J'avais été agréablement surprise par tous ces gestes d'attention à notre égard. Les Français de France devaient être tous aussi respectueux et pleins de civilité. Nul doute ! Lorsque mon esprit d'enfant se mettait à imaginer ce grand pays où la justice était reine, comme nous le laissaient entendre nos anciens, je ne pouvais percevoir rien d'autre qu'une immense étendue verdâtre. Et mon imagination fertile s'arrêtait à cette simple vision, que je n'obtenais d'ailleurs qu'après maintes et maintes réflexions. L'avion a eu beaucoup de mal à atterrir. Les conditions atmosphériques étaient très mauvaises. Le ciel était beaucoup trop couvert. Nous avons été fortement secoués. Saïda et ma mère ont crié. L'hôtesse, toujours serviable, venait vérifier nos ceintures. Son sourire n'avait pas quitté un seul instant son visage. A croire qu'il était indélébile. Les secousses continuèrent, l'avion penchait à nouveau. Une voix suave que véhiculait un tuyau chromé éclatant nous invita au calme. Après plusieurs hésitations, plusieurs soubresauts qui nous arrachèrent des vertiges et des nausées, l'appareil enfin atterrit. Même lorsque le moteur s'arrêta marquant la fin du voyage, un sentiment de méfiance nous gagna tous. Nous craignions tous de nous lever et d'être à nouveau surpris traitreusement par des secousses inopinées. Les passagers se levèrent et se dirigèrent vers la porte qui s'ouvrit. Pour la première fois, ma mère, mes sœurs et moi-même posâmes le pied sur le sol français, non sans quelques difficultés. J'avais l'impression qu'il fallait adopter une nouvelle démarche. Il faisait froid, une pluie fine transperçait nos vêtements légers. Tous les alentours jusqu'à l'horizon étaient gris. Aucune promesse d'éclaircissement. Nous suivions mon père en file indienne. Il restait notre seul et vrai repère dans ce monde hostile. Les formalités administratives ne furent pas trop longues. Derrière d'immenses comptoirs, des têtes émergeaient. Des coups d'œil peu hospitaliers nous lançaient de brefs éclairs de mépris. Non, Paris n'était pas accueillant ! Mon père héla un taxi qui nous conduisit dans le centre, près d'une bouche de métro. J'étais aveuglée par les lumières de toutes sortes, l'empressement des gens. Et les montagnes de produits qu'étalaient les vitrines excellaient dans leur goût d'esthétisme. Des femmes coquettes et parfumées galopaient dans tous les sens, sous leurs parapluies, un sac en bandoulière sur l'épaule, un paquet sous l'autre bras. J'étais intriguée par leur liberté de mouvements. Comment pouvaient-elles occuper ainsi la ville, provocantes, et sans aucune compagnie masculine ? Etait-ce bien là où se situait la liberté dont nous avaient parlé nos émigrés ? Le métro était une autre nouveauté dont parlaient les gens de retour chez nous. La première rame arriva, s'arrêta, et happa tout ce monde en attente sur le quai. Une jeune parisienne vint s'asseoir en face de nous. Et j'ai été étonnée par sa tenue et sa conduite. Habillée d'un tailleur foncé, les jambes croisées lui relevaient modérément la jupe qui laissait entrevoir le haut de ses genoux. Un maquillage outrancier, une coiffure figée par la laque, et des ongles étrangement longs et rouge vif. Elle avait refusé de se pousser sur la banquette pour partager la place, nous ignorant totalement. De temps à autre, elle nous jetait des regards pincés et hautains. Ma mère, scandalisée par autant de provocations, informa mon père qu'elle avait envie de la gifler ; celui-ci lui conseilla le calme. Alors, pour mieux contenir sa rage, elle se mit à la fixer et à la maudire en kabyle. Elle l'abreuvait d'insultes et lui adressait les pires malédictions. Puis, à un moment, la jeune femme se leva, droite et majestueuse, balança son derrière dans sa jupe étroite et fendue, emprunta la sortie et disparut, anonyme, dans la foule. Mon père guettait l'arrivée de la prochaine station. Nous ne le quittions plus des yeux et nous nous accrochions à lui, notre unique étoile dans ce monde étranger. Je me rendis compte tout à coup qu'il orchestrait tous nos mouvements, et que nous étions devenues totalement dépendantes de lui.

Nous avons quitté le compartiment, croisé des gens, emprunté un escalier qui nous conduisit sur la terre ferme. Finalement, il y avait autant de vie sous terre que sur terre, c'était une véritable fourmilière où les gens s'activaient, se croisaient, sans se regarder, seul point commun de ces êtres anonymes : la vitesse. Une vitesse vertigineuse, à se demander quelle était l'occupation qui les rendait si fébriles. Mon père s'arrêta à un café pour commander des boissons chaudes. Ma mère refusa de le suivre. Il avait beau la prier, elle refusa de manière catégorique. Comment une fille de sa tribu pouvait-elle entrer dans un lieu destiné aux hommes ? Son honneur en serait éclaboussé. Car, pour elle, un débit de boissons était avant tout un lieu où il y avait des relents de stupre auxquels elle ne voulait pas être mêlée. Et puis quelle serait la réaction de ses frères s'ils étaient informés d'une telle transgression ? Nous nous installions autour d'une table. Un serveur nous apporta des tasses de chocolat au lait tout fumant. Cette foule me gênait, je n'osais même pas lever la tasse de crainte de la faire tomber. Mon père nous pressait. Ma mère nous attendait dehors sous la pluie. Nous sortimes enfin rejoindre ma mère pour regagner la gare. Encore une attente au guichet pour l'achat des billets. Mon père s'informa de l'heure du départ et du numéro du quai auprès d'un homme en casquette. Nous avions suivi la direction de son doigt tendu. Encore un nouveau style de compartiment. Nous primes place. Le train annonçait le départ en direction de Toulouse et il démarra quelques minutes après. A midi, mon père sortit d'un sachet des sandwichs qu'il avait certainement achetés lors de notre brève halte au café. Il fit la distribution, ma mère, toujours méfiante, se renseigna sur le contenu du sandwich que mon père lui tendait. Avant de mordre, elle vérifia les dires de mon père en soulevant les deux morceaux de pain, constata la présence de plusieurs rectangles de fromage ; soulagée, elle consomma son premier repas en terre française. J'avais remarqué que dans le train, il n'y avait pas de militaires. Cela me mit tout de suite en confiance. Un seul homme en uniforme bleu marine, affublé d'une casquette à trois étoiles, réclamait à quelques passagers leur billet. “Billets s'vous plait”, marmonnait-il entre ses dents, fatigué de sa rengaine. Il vérifiait la validité du billet et le perforait avec une espèce de pince qui laissait glisser de minuscules confettis. Il allait et venait dans le couloir sans sourciller avec des gestes nonchalants. Quelquefois son visage se ridait pour sourire aux jeunes filles insouciantes qui prenaient place sur les banquettes. Leurs éclats de rire en public m'avaient choquée et j'avais mis cela sur le compte de l'impolitesse. Jamais des jeunes filles de chez nous ne se seraient permis d'égarer leur voix dans un lieu public. Une discrétion totale les aurait atteintes et beaucoup auraient oublié leur présence. Le sourire du contrôleur me rassurait. C'était la première fois que je voyais un porteur d'uniforme arborer un sourire. Tous ceux que j'ai cotoyés en Algérie ne manifestaient que violence. Chaque uniforme avait certainement sa spécificité, avec ses tolérances ou ses exigences. Mais je retiendrais avant tout que l'uniforme est symbole de pouvoir. Uniforme et matraque sous couvert du pouvoir n'ont-il pas fait dans l'histoire des hommes de nombreux exilés ? Et c'est dans le flux de cet exil que s'inscrit notre errance.

Arrivés à Toulouse, nous devions prendre une nouvelle correspondance via Capdenac. Mon père s'informa auprès d'un groupe d'hommes à casquette. Nous suivîmes la direction indiquée par une paire de doigts, et nous primes place sur les banquettes. A Toulouse, les voyageurs paraissaient beaucoup moins excités que ceux de Paris. Il n'y avait pas cette fébrilité stupide qui les faisait courir de manière indisciplinée. Au fur et à mesure que nous nous enfoncions dans la région, nous accueillait la grisaille nous enveloppant, dans son décor triste et inhospitalier. A Capdenac, nous avons changé de correspondance pour arriver à Decazeville. Le haut-parleur s'est mis à hurler. Mon père, bien avant l'information, nous avait dirigés vers la porte de sortie. Dehors, pas de soleil pour nous accueillir. Mais une odeur fétide de produits chimiques en décomposition. La pluie de Paris ne nous a toujours pas quittés. Un taxi nous emporta à travers les rues qui montaient légèrement. Les magasins étaient moins bien achalandés qu'a Paris. Ce qui dénotait une certaine indigence de ce lieu. On pouvait remarquer l'absence de tout superflu, seul le nécessaire était étalé. Paris et Decazeville, deux villes françaises tout à fait incomparables, et je comprendrai plus tard pourquoi. Le taxi nous déposa au 16 rue de Montmira comme l'avait précisé mon père au chauffeur dès le début de leur premier contact. Le taxi s'arrêta devant une vieille bâtisse recouverte d'un crépissage tout bosselé. Un vieux couple kabyle, que je n'avais jamais rencontré, nous accueillit comme de vieilles connaissances. Les deux femmes s'embrassèrent chaleureusement et échangèrent des formules de politesse. Nous prîmes place à l'intérieur. La pièce était grande. Le mobilier plus que sobre. Une table à gauche contre le mur avec quatre chaises. A droite, un petit gaz. Un peu plus loin, une cuisinière à charbon. A côté de la cuisine, une petite chambre. Au premier étage, il y avait une deuxième chambre, plus spacieuse. Pendant plusieurs mois, nous avions cohabité avec ce couple et leur fils âgé d'une quinzaine d'années. La cuisine était la pièce commune, la chambre du rez-de-chaussée leur revenait de droit, en tant que premiers occupants.

Le lendemain, mon père me conduisit à l'école pour m'inscrire, muni du livret de famille. L'école des filles était très grande. Elle comprenait quatre étages, les classes, allant du cours préparatoire jusqu'au certificat d'études. Nous montâmes un escalier en bois raide qui nous conduisit jusqu'au bureau de la directrice. Madame Brugel, une femme aux cheveux crépus blanchis davantage par les soucis que par le poids de l'âge. Elle portait d'épaisses lunettes et une blouse grise. Après quelques renseignements, elle hocha la tête gravement. Mon cas semblait désespéré. Elle raccompagna mon père à la sortie avant d'échanger avec lui une poignée de main. La cour grouillait de têtes de tous âges. Madame Brugel me prit par la main et me dirigea vers madame Alabert, l'institutrice du cours préparatoire. Elles échangèrent quelques mots qui de nouveau pesèrent sur moi. J'étais devenue le point de mire de toute la cour. Institutrices et élèves compris. Les unes s'extasièrent sur ma chevelure noire, d'autres sur le bronzage encore neuf de ma peau. “C'est la nouvelle ? C'est une Algérienne ?” J'étais incapable de répondre à toutes ces interrogations. Mon premier handicap résidait dans mon ignorance de la langue française. Lorsque le sifflet retentit, les élèves coururent dans tous les sens pour former des rangs impeccables suivant leur classe. Madame Alabert m'incorpora dans le rang du cours préparatoire où les élèves me tatèrent les cheveux pour mieux apprécier leur texture, enfoncèrent leurs doigts sur ma peau comme pour décoller un vernis quelconque ou imaginaire. Je me rendis compte que la petite Algérienne était devenue un objet de curiosité qui les amusait beaucoup. Madame Brugel tapa dans ses mains pour exiger le silence et interdire les quelques rires qui s'échappaient des rangs. Lorsque le calme gagna la cour, elle fit signe aux chefs de rang de regagner leurs classes respectives. Ma classe se trouvait à droite en rentrant. Je fus surprise par l'agencement du lieu. Les tables, une trentaine environ, étaient à la hauteur des enfants. Au fond, le bureau de l'institutrice et derrière elle, un grand tableau vert à deux battants. Madame Alabert me désigna ma place. Ma compagne s'appelait Monique Fernandez. L'institutrice me remit des livres, des cahiers. Je ne pouvais échanger aucune parole, ni comprendre aucun mot. Mais j'observais beaucoup et j'essayais de comprendre et de décoder les signes de cette ruche bourdonnante. Je suivais tous les mouvements de Monique qui devenait mon guide dans cet univers clos. Quand le moment de la lecture arriva, chaque fillette fouilla dans son bureau pour ressortir le livre indiqué par la maîtresse. Un rapide coup d'œil sur ma voisine me fit trouver le livre en question parmi la pile que je me dépêchais de poser sur le bureau. Je trouvais la bonne page grâce au repère de l'image. La maîtresse ordonna à une fillette d'ouvrir la séance que chaque fois elle ponctuait par la "suivante" qui prenait le relais. J'essayais de suivre, de retenir les mots. Mais ce n'était pas facile dans ces pages remplies de caractères qui m'étaient hermétiques et hostiles. Lorsque Monique s'arrêta en fin de paragraphe, la maîtresse me fit signe de venir auprès d'elle à son bureau. Là je me rendis compte de son obésité. Ses mains étaient moites. Elle me fit lire et répéter chaque mot après elle. C'est ainsi que j'ai appris à photographier les mots avant de décoder les sons. Le soir, Mohamed ayant pris en compte mon handicap me remit un abécédaire, en m'assurant qu'après l'assimilation de l'alphabet, je pouvais prétendre à l'apprentissage de la lecture. J'ai longtemps cru à un produit miracle qui m'aurait ouvert les yeux et fait courir le français sur ma langue. Pendant des soirées entières, je consacrais tout mon temps à l'interrogation de ces lettres, et j'essayais de retrouver leurs phonétiques. Je travaillais jusqu'à 22 heures, heure à laquelle mon père éteignait les lumières. Dans la pénombre de la nuit, les lettres mystérieuses venaient danser provocantes comme des énigmes sur toute la surface de mon champ de vision. Et cette hantise obsessionnelle venait jusqu'à déborder sur mes rêves. Je me réveillais ainsi en sursaut, la tête pleine de lettres désordonnées et désarticulées par le trop plein de désir de savoir, de connaître. J'étais habitée par une volonté farouche d'apprendre et de réussir. Alors je secouais ma tête encore fragile, endolorie par l'incompréhension des lettres. Et je recommençais seule dans le noir avec mes quelques connaissances à revoir la phonétique des lettres et leur transcription.

Nuit et jour, une fièvre avide habitait mon esprit et mon corps, qui ne me laissait aucun répit. Tout le long de la longue rue assez achalandée, j'essayais de retrouver les quelques lettres bien acquises sur les enseignes des commerçants. A chaque point juste, c'était une victoire sur la nuit. J'additionnais mentalement mes acquisitions, je m'en réjouissais, et je jurais de réussir, chaque matin.

Decazeville était une ville ouvrière qui avait construit son économie sur le charbon. Dans la classe, il y avait beaucoup d'enfants de mineurs. La mine était donc le principal secteur d'activité. Je comprenais mieux pourquoi cette atmosphère grisâtre nous avait accueillis et angoissés la première fois, dès notre arrivée. Dès que l'on approche de la ville, on aperçoit de longues cheminées verticales en briques qui fument. De véritables cheminées qui fonctionnent en permanence, Decazeville avait aussi une autre particularité. J'avais remarqué la présence d'une forte communauté espagnole installée là depuis 1936, époque douloureuse de la pénétration du fascisme sur la terre de Don Quichotte. L'espagnol et l'occitan étaient parlés couramment, et il n'était point rare de happer quelques bribes de conversation au passage le long de la rue Gayrade. Je retrouvais même quelques odeurs qui échappaient des fenêtres des mamas cuisinières affairées à leur fourneau. Et mon odorat ne me trompait guère. Je reconnaissais l'odeur de la tomate et l'oignon frits, ce qui exaltait mon appétit. Ma petite sœur avait le privilège de goûter à la cuisine française, en déjeunant à la cantine. L'école maternelle beaucoup trop éloignée ne lui permettait pas de prendre ses repas parmi nous, ce qui a longtemps inquiété ma mère.

Dans notre quartier, il y avait une épicerie, repère des ménagères et aussi des cancanières qui venaient déverser leur trop-plein de venin sur les voisines innocentes, et qui avaient droit à tous les honneurs et à tous les sourires une fois qu'elles avaient franchi la porte de la boutique. L'épicière, Arlette, était une très belle femme brune aux grands yeux bleus, qui avait dû se battre comme un chef pour l'acquisition de ce petit commerce, son outil de travail. Une vie misérable l'avait contrainte à quitter son mari ivrogne, en emportant avec elle ses deux filles en bas âge, Danièle et Josiane. Elle avait travaillé longtemps chez des bourgeois sans âme qui ne comprenaient rien à la misère prolétarienne et considéraient cela comme un germe inquiétant de désordre. Mais le courage et la persévérance d'Arlette eurent raison de la misère. Et la voilà aujourd'hui propriétaire d'un commerce qu'elle dirige seule. Arlette était une femme bonne et généreuse, qui connaissait bien le poids de la souffrance et le prix du sacrifice. Elle a su ouvrir sa porte à tous ceux qui ont été dans le besoin.

Juste en face de notre maison, il y a le café Soubrié tenu par un couple. Là venaient se désaltérer tous les retraités qui prolongeaient leur consommation par le jeu de cartes ou de dominos. A chaque enterrement, puisque le cimetière ne se trouvait qu'à une cinquantaine de mètres de là, des ombres noires avalaient furtivement leur verre de cognac ou d'anisette, et disparaissaient discrètement, tels des voleurs, en prenant soin de rajuster leur imperméable et leur chapeau. Beaucoup plus haut, juste après la côte qui mène à la Découverte (mine à ciel ouvert), on trouve encore la boulangerie Portal qui a fait des affaires grâce à l'absence de concurrence.

Pour aller à l'école, j'attendais Monique qui habitait à vingt mètres de notre maison. Nous faisions route ensemble. Il n'y avait pas besoin de toujours traverser, ce qui rassurait beaucoup ma mère qui se laissait envahir par de profondes angoisses. Lorsque nous arrivions devant l'école, il y avait toujours un policier qui assurait notre passage. Quelquefois il nous souriait. Son sourire m'a toujours intriguée, je prenais cela pour de la tendresse ou même pour une faute professionnelle, car un porteur d'uniforme, dans mon esprit torturé par les chauchemars de la guerre, ne pouvait arborer un sourire. Dans la classe, plus tard, je fis la connaissance d'une autre petite fille, Carméla, d'origine italienne, émigrée depuis peu. Notre situation sociale et culturelle nous rapprocha énormément.

Les cousins de mon père et leur fils Mohamed ont déménagé et nous ont laissé la jouissance totale de l'appartement. Nous apprécions et mesurions le petit espace libéré. Quant à eux, ils sont allés occuper un nouveau logement construit par une société d'H.L.M. L'endroit, plein de verdure, nommé Combettes, était une véritable forêt où proliféra le béton dans toute sa verticalité. Aux alentours, il y avait des maisons individuelles acquises par certains mineurs fortunés grâce à leur ancienneté au fond de la mine. Des jardins aussi dont la propriété était bien délimitée par des clôtures branlantes. Certains de ces jardiniers ne venaient sarcler ou ramasser leurs produits que le week-end, transportés par une mobylette bleu pétrole qui éructait avant de démarrer. Ce jardin du dimanche leur est loué et il constitue leur principal passe-temps. Au lieu d'une belotte inutile qui les rendrait plus aigris par la perte de la partie, les plus sages s'adonnaient au plaisir de la terre. Car le capitalisme industriel n'a point reconverti entièrement ces fils de paysans qui ont conservé le goût et l'amour de cette terre grasse qui glisse entre les doigts. Tous se sont dépêchés, par nécessité, de consacrer la force de leurs bras aux industries minières qui recrutaient, contre la garantie d'un appoint mensuel. Ils délaissaient ainsi leur domaine insuffisant à les faire vivre et non rentable, car souvent il y avait un trop grand nombre de personnes qui ne vivaient uniquement que de la production de la terre. Devant cette insuffisance à nourrir autant de bouches, nombreux sont les paysans qui ont quitté leur ferme pour venir échouer devant les portes d'usines qui sont pleines de promesses. Mais ces paysans reconvertis auront au moins la satisfaction de consommer leurs propres produits. Et cette activité temporaire enrichira le goût de la marmite. Même mon père avait loué un lopin de terre. Le vieux couple Campergues qui habitait juste après l'épicerie, avait fait une offre équitable à mes parents qui acceptèrent aussitôt. Mais bien avant, une transaction de meubles anciens s'était faite aussi. C'est ainsi que j'ai vu la maison s'enrichir d'une table à rallonges, d'un buffet et d'un lit. Ils avaient proposé à mes parents des facilités de paiement mais eux préféraient s'acquitter tout de suite de la dette. Je pense que leur honnêteté avait beaucoup attiré la sympathie chez les gens du quartier. Sur ce lopin de terre, mes parents cultivaient un peu de tout : pommes de terre, tomates, haricots verts, cardes, oignons, ce qui facilita notre vie. Puisqu'il était impossible à ma mère de s'approvisionner sur le marché même, il lui était alors plus facile de se servir dans le jardin. Les arbres fruitiers ne nous appartenaient pas, même s'ils se trouvaient sur la terre en location. Jamais nous n'avons osé cueillir une pomme, ou une cerise. Malgré l'accord tacite de monsieur et madame Campergue, nous attendions qu'eux-mêmes veuillent bien nous attribuer la part qu'ils jugeraient bon de nous remettre. Notre gêne et notre politesse furent récompensées. En effet, au moment de la cueillette, d'énormes paniers nous étaient remis. Nous ne devenions que plus respectueux devant une telle générosité. A notre droite, il y avait un autre vieux couple qui a su nous prodiguer sa gentillesse et son savoir-vivre dans cette période de haine entre la France et l'Algérie. C'était le vieux couple Granier qui vivait avec la mère. Lui était d'une dextérité remarquable. C'était l'homme à tout faire du quartier. Chacun recherchait ses conseils et son appui dans le bricolage, domaine dans lequel il excellait. Nous étions admis sans l'être tout à fait. Car nous restions malgré tout des Algériens, avec tous les stéréotypes qui existaient à cette époque sur ce peuple de rebelles. Ma mère, excellente maîtresse de maison, s'acharnait à maintenir l'appartement propre et coquet. Le soir, elle nous dépouillait de notre crasse journalière et nous frottait le corps sans répit dans une grande bassine grise. Même en Algérie, malgré la rareté de l'eau qu'il fallait récupérer à la fontaine, la propreté restait pour nous un élément indispensable à notre vie quotidienne. Madame Dejean qui occupait la maison au balcon fleuri veillait à nos allées et venues, mais surtout elle jugeait avec beaucoup de précision nos habitudes et notre comportement. Elle épiait ma mère lorsqu'elle lavait les vitres, étendait le linge, et lorsque la porte restait entr'ouverte pour le séchage du sol, ses yeux semblaient pousser la porte pour mieux voir, apprécier le degré de propreté. Lorsque par la fenêtre s'échappaient des odeurs de cuisine que ma mère, en parfaite cuisinière, savait relever avec des épices, du coriandre ou des feuilles de menthe, madame Dejean ouvrait grand ses narines pour les remplir de parfum exotique, mais l'orgueil l'étouffait, et lui interdisait de venir réclamer quelques recettes. Elle se contentait de dire avec un appétit excité : "Comme ça sent bon !" Lorsqu'elle distribuait des morceaux de biscuit qu'elle confectionnait elle-même, par politesse, je la remerciais, et elle trouvait toujours à rétorquer avec le sourire : "Ils sont polis, ces petits Arabes, et en plus ils sont propres..."

Nous avions tous compris qu'en tant qu'étrangers, il nous fallait investir chaque fois plus d'effort. L'étranger doit avoir un esprit et une attitude toujours très performants, et même irréprochables. Car avant que son entourage ne l'élève au rang d'homme, il devra subir de nombreuses épreuves, toutes aussi stupides et douloureuses les unes que les autres. Il sera d'autant mieux apprécié s'il accepte de s'intégrer, de s'assimiler au milieu ambiant, et pour cela, il devra renoncer à ses origines culturelles qu'il méprisera, oubliera très vite au profit de la culture dominante du pays dans lequel il se trouve. En fait, il devra s'acculturer. Cette civilisation du pays d'accueil, il devra non seulement l'épouser, mais à tout instant la glorifier. Voir à travers elle le message du salut. Maudit étranger qui commet l'acte fatidique en volant une orange, car tout son groupe ethnique sera accusé de frasques impardonnables ! La voix populaire n'exige-t-elle pas qu'un peuple tout entier soit jugé pour un délit mineur commis par l'un de ses ressortissants ? La presse alors, peut prendre le relais amplifiait le larcin, et porter des jugements sur tout un peuple.

Mon père a rencontré un cousin éloigné, nommé Saïd. Ils se voyaient régulièrement. Sa femme Tassadit venait rendre visite à ma mère. Saïd et Tassadit étaient considérés comme un couple tout à fait intégré à la société française. Beaucoup parlaient d'eux avec un certain respect. Arrivés en France dès 1940, ils ont épousé les mœurs du pays d'accueil. Et c'est vrai qu'ils ont réussi à se débarrasser de tout un mode de comportement. C'est ainsi que malgré leur âge avancé, ils fréquentaient les bals et les bars sans aucune gêne. Tassadit, coquette, aimait à se pavaner dans des toilettes qui faisaient rugir de jalousie les voisines françaises. Saïd et Tassadit n'avaient pas d'enfant, donc aucune entrave pour goûter aux plaisirs de la vie. Très vite d'ailleurs, leur façon de vivre, et leur manière de transgresser aussi ouvertement les coutumes kabyles, les marginalisèrent par rapport au cercle auquel ils appartenaient.

Le soir, mon père était toujours ponctuel pour l'extinction de la lumière qui se faisait à vingt-deux heures. Ma mère diminuait le volume de TSF et l'oreille collée, elle essayait de happer les quelques informations émises en kabyle. Pendant longtemps, j'ai cherché la raison de cette ponctualité qui obligeait mes parents à se fixer sur l'horloge. Une nuit, Saïda a été malade, ma mère s'était levée pour lui faire boire du sirop. Alors j'ai entendu un léger ronronnement de voiture, la portière claqua, de grands coups de pieds voulurent défoncer la porte de notre maison. “Et alors ?” hurla une voix d'homme tout excité. “Ma fille est malade !” répondit timidement mon père. “Ce n'est pas une raison !” fit écho l'autre voix. Mon père s'empressa d'éteindre. Ma mère alluma une bougie et continua de donner les soins nécessaires à ma petite sœur. Plus tard, j'ai appris que nous devions respecter le couvre-feu instauré par la police chargée de veiller à son application. J'avais trop vite oublié que nous étions en guerre. Mais cette voix qui déchirait la nuit se complaisait à nous le rappeler d'une manière aussi violente qu'expéditive. Je constatais que le ventre de ma mère prenait de nouveau forme. Lorsqu'elle manifesta les premières douleurs, je l'ai vue accrocher une corde épaisse au plafond, et sortir un sac en toile contenant de la paille séchée, qu'elle étendit par terre en nid épais et douillet. Sous ses ordres, je commençais à faire chauffer de l'eau sur la cuisinière à charbon. Saïda dormait dans le berceau. Malika et moi étions ses seules assistantes, incompétentes. Mon père n'était pas encore rentré. Je l'ai vu pousser et à chacune de ses contractions, de grosses larmes coulaient et venaient s'évanouir dans la paille. Chaque fois elle étouffait sa douleur, elle nous encourageait même. Mon père ouvrit la porte, s'avança vers elle, puis sortit brusquement, alla au café Soubrié téléphoner à un taxi. En quelques minutes, le chauffeur de taxi se présenta et aida mon père à maintenir ma mère par les aisselles. Arlette vint alors nous récupérer toutes les trois, esseulées devant la paille maculée de sang. Le soir, mon père, qui rentra avec un visage jauni, bourré de parenthèses aux commissures des lèvres, et de traits discontinus au niveau frontal, nous fit peur. "Alors ? " dit Arlette toujours affable. "C'est une fille de cinq kilos", éructa mon père dans un soupir de désespoir. "Mais alors, c'est un joli bébé", conclut-elle. L'absence de ma mère parut interminable. Elle n'avait quitté la maison que pour trois jours. Mon père, aigri, reportait toute sa haine sur Saïda qu'il frappait sans aucune raison. Je l'ai vue sangloter, m'appeler à l'aide sans que je puisse intervenir, car le père fouettard était là, épiant tous mes faits et gestes. Bien souvent dans son comportement brute d'animal traqué, j'ai décelé bien des attitudes qu'il avait héritées de sa mère. Ma mère fut surprise de la négligence qu'avait manifestée mon père dans l'entretien de l'appartement. Elle avait aussi remarqué notre pâleur, et les quelques coups tatoués sur nos petits corps par la main paternelle. Elle n'a pu s'empêcher à nouveau de verser des larmes. Et prenant Dieu à témoin, elle jura que désormais elle ne se séparerait plus jamais, sous aucun prétexte, de ses enfants. C'était un pari qu'elle s'efforcera de tenir.

Pour la première fois nous goûtions à la rigueur de l'hiver. La neige fine et poudreuse qui tombait nous semblait être un cadeau du ciel. Nous voulions y goûter, car Malika et moi avions pensé tout de suite à une avalanche de sucre semoule. Ma mère partit d'un fou rire devant tant de crédulité enfantine. Malgré ses explications, nous nous refusions à la croire. Alors elle ouvrit la fenêtre, saisit une poignée de neige qu'elle entassa dans une assiette et nous la tendit. Prudentes, nous testions d'abord la matière, surprise de sa friabilité et de sa fragilité. La sensation du froid nous étonna, et nous avions dû renoncer à sa consommation. Le soir, après une dure journée de travail, mon père rentrait avec des mains déformées par le gel et le froid. J'ai vu plusieurs fois ma mère silencieuse lui tremper ses mains malades dans un bain d'eau chaude, masser doucement ensuite avec de l'huile d'olive. Mon père aussi craintif qu'un enfant sursautait à la moindre douleur. Ce qui obligeait ma mère à revoir et reprendre ses gestes. Ensuite elle lui enveloppait les mains dans des compresses chaudes.

Voilà déjà plus d'un an que nous avions rompu toute relation avec notre famille en Algérie. C'était Arlette qui s'occupait de notre correspondance. A travers les larmes de ma mère, je comprenais que son cocon culturel lui manquait. Il nous manque, à tous, ma mère. Et pour la première fois, je l'ai entendu chanter des berceuses pour Saïda ou Fadéla qui s'endormaient ainsi charmées par la voix. Chaque mot lancé était accompagné d'une larme. Elle pleurait sa nostalgie, ma mère. Elle pleurait le parfum de sa terre, elle pleurait les siens restés là-bas. Pleure, ma mère, tes pleurs et tes chants sont un véritable baume musical nécessaire à ta survie. Tes gestes et ta voix restent la seule chose vraie que tu dois fixer dans ton exil. Et je sais très bien que lorsque ta voix belle et fragile s'élève, ton esprit vagabonde dans les campagnes kabyles où tu es à la recherchee de visage aimés. Quand tu roulais le couscous ou secouais la courge pleine de lait caillé, là aussi tu te laissais emporter par la magie de la parole, et tu chantais d'une voix étouffée et discrète, mais tu chantais pour accompagner tes gestes les rendant ainsi éternellement beaux, éternellement nobles.

Le soir, lorsque ton esprit était débarrassé de tout souci, je me souviens, ma mère, que tu nous invitais à entrer dans les pays des merveilleux contes kabyles. Nous suivions chacun de tes gestes et chacun de tes mouvements. Nous évitions à chaque instant de la contrarier car elle seule possédait la clef de ce royaume féérique. Elle était notre seul guide, et nous craignions toujours que nos brusqueries de la journée, nos écarts de conduite nous exemptent de ces merveilleux voyages qui nous réchauffaient les cœurs et nourrissaient les esprits. Lorsque le timbre de sa voix s'éteignait, Malika et moi suppliions pour réclamer la suite. Elle posait alors son doigt sur les lèvres et disait "azekka inchallah" (demain si Dieu veut). Inutile d'insister, nous n'en saurions pas davantage ce soir. Et nos têtes encore pleines de la voix de la conteuse, nous essayions chacune à sa manière de donner une suite logique à l'histoire inachevée. C'est ainsi que nous voyagions chacune sur son nuage au gré de son imagination. L'ingéniosité et la hardiesse de Djeha (héros légendaire) nous laissaient quelquefois perplexes, très vite nous l'avons adopté pour toute la sympathie qu'il attirait.

Depuis notre arrivée en France, ma mère nous racontait de nombreux souvenirs d'enfance. Elle nous parlait beaucoup des siens, et nous relatait ainsi la vie de ses grands-parents.

La naïveté des campagnards face au progrès, les attitudes gauches et naturelles qu'ils manifestaient à l'arrivée même de l'époque des lumières nous firent beaucoup rire. C'est ainsi qu'elle nous narra la visite de son grand-père chez l'une de ses filles habitant la ville. La ville était déjà éclairée par l'ampoule électrique,. objet inconnu dans les campagnes. Le soir, au moment de s'endormir, il chercha à étrangler la flamme, et le malheureux ignorait même le mécanisme de ce progrès. Alors il saisit un foulard qu'il roula en boule, sautilla jusqu'à la hauteur du plafond pour atteindre l'objet nouveau. Le bruit du sautillement alerta sa fille, qui demanda des explications devant cette gymnastique forcée qui avait donné des couleurs au vieillard, et accéléré son rythme respiratoire. L'effort l'avait exténué. Alors sa fille le prit par la main et le guida vers l'interrupteur tout en lui expliquant l'usage. Le grand-père fut déconcerté. Il marmonna entre ses dents que nous touchions à une ère diabolique qui tue le charme naturel, et dans un appel à Dieu, il l'implora de l'emporter bien vite avant d'être englouti et cloîtré dans la grisaille du machinisme. Et plusieurs fois les femmes, dans la nuit, l'ont entendu réciter la chahada. J'ai compris plus tard combien cet objet nouveau avait perturbé son repos : lui, habitué à la production d'une multitude de gestes émergeant de son corps, devait apprendre avec les temps nouveaux à devenir un nouveau sujet. En attendant, Malika et moi riions de la scène. Cent fois ma mère nous l'avait narrée, et cent fois nous lui avions demandé de recommencer.

Une légère brouille entre Saïd et Tassadit nous compliqua l'existence. Démunis de tout scrupule, ils dénoncèrent mes parents au service de police, les soupçonnant de prise de contact avec les représentants du F L N. Je savais que des hommes venaient à la maison, dialoguant toujours en arabe. Mon père leur remettait une enveloppe contenant des billets. Un autre soir, réveillée par des bruits légers inhabituels, j'ai pu remarquer à travers le trou de la serrure deux revolvers posés sur la table, deux hommes que je ne connaissais pas et dont je ne voyais que le dos. Depuis cette dénonciation, la police ne nous accordait aucun répit. Ma mère était très souvent interrogée les après-midi. Lorsque nous arrivions, ma sœur et moi, après la sortie de l'école, la maison était déserte, ma mère absente. Arlette prenait le relais de la surveillance. Elle nous accueillait quelques instants, puis dans un freinage sec et grinçant, on devinait l'arrivée de ma mère dans la 404 noire, accompagnée par deux hommes en uniforme foncé. Nous courions vers elle, heureuses de la revoir. Elle nous rassurait, à aucun moment, je n'ai décelé la naissance d'une larme et comme pour ne pas ébranler nos habitudes, elle nous distribuait des tartines de confiture pour notre goûter. J'avais déjà le regard trop aiguisé pour ne point remarquer ta chevelure défaite, a yemma, des marques rouges sur tes joues. Et je t'imaginais droite et fière devant eux, servant un verbe pertinent et osé, et pourtant tu n'as jamais démissionné. Dis, ma mère, quel a été le prix de ton courage ? A plusieurs reprises dans la nuit, ma sœur et moi, fûmes arrachées à nos rêves par cette même police fébrile qui venait perquisitionner. Certains d'entre eux portaient l'uniforme, fouillaient dans le linge, soulevaient nos couvertures, et nos yeux naïfs remplis de sommeil étaient blessés par la lumière aveuglante de l'ampoule électrique. La perquisition durait quelques minutes et ces messieurs de l'ordre, fous-furieux, regagnaient leur voiture dans un brouhaha indescriptible après avoir semé le désordre. Les interrogatoires de ma mère et les fouilles nocturnes ont été pendant longtemps la principale activité de la police qui centralisait toute son énergie pour trouver un indice, preuve suffisante pour nous accabler. Quelquefois, ils organisaient des confrontations entre ma mère et Tassadit qui maniait adroitement le français. Les réponses de l'inculpée, souvent désarmantes, étaient traduites par un pied-noir qui s'acharnait à la répétition des moindre détails que ma mère apportait dans les confrontations.

Le docteur Malbert est venu à plusieurs reprises examiner Saïda qui présentait des difficultés respiratoires. Ses ordonnances demeuraient inefficaces. De nouveau, les larmes intarissables vont sourdre de leur source. Ma mère inquiète, a tu ses berceuses pour écouter sa peine. A la dernière visite, le médecin prescrivit une hospitalisation urgente. Ma mère fut brisée par la douleur. Au bout d'une semaine, l'ambulance nous ramena le petit corps de Saïda enveloppé d'une couverture. Elle était alors âgée de dix-huit mois. A la vue du corps raide, ma mère s'évanouit, foudroyée par le malaise le plus effroyable que puisse engendrer la douleur. Au moment de porter le petit corps dans le cercueil, Saïda ouvrit les yeux ne fixant que le regard de ma mère. Les voisins s'écartèrent surpris, le prêtre se signa. "A yelli, a yelli" (ma fille, ma fille), hurlait ma mère. Saïda fut tout de même emportée dans la boîte malgré les supplications de ma mère qui, dans un accès de folie, accrochait ses ongles au cercueil. A l'enterrement, tout le quartier était là, les femmes en sombre égaraient quelques larmes dans leur mouchoir. Les voisins avaient prouvé leur compassion dans la douleur, en offrant un grand nombre de gerbes. De nouveau Arlette proposait ses services et pendant trois jours elle s'occupa de Malika, Fadéla et moi. Quelques temps après, la police vint à nouveau emmener ma mère pour interrogatoire. "Pourquoi tù pleures ?" questionna l'un d'eux. "Ma fille est morte", répondit ma mère en sanglotant. "Oh ! les Algériennes, toutes des commédiennes !", renchérit l'autre.

VIII
ACCOUCHEMENTS

Souvent, les murs et le plancher se mettaient à trembler. De nombreuses habitations étaient construites sur les entrailles de la mine. Il y avait alors des grondements sourds. C'était les mineurs qui faisaient céder les parois par des explosions. Au début, cela nous surprenait, mais très vite, l'habitude s'est installée, et le bruit sourd des explosions fit alors partie du décor charbonneux.

Notre appartement présentait quelques défectuosités. Le plancher, troué et instable criait misère. La toiture laissait perler les gouttes de pluie, que l'on recueillait dans des récipients. Le propriétaire, monsieur Poireau, refusait tous travaux et déclinait toute responsabilité. Par contre, chaque mois, ma mère me remettait un billet de cinquante francs que j'allais porter en paiement du loyer à son épouse qui l'inscrivait sur un carnet vert. Grâce à l'aide de monsieur Granier, mon père s'engagea dans l'achat de planches et tous deux restaurèrent le plancher, ce qui nous permit de marcher sans craindre de tomber dans la cave du propriétaire. Quant à la toiture, ma mère refusait l'idée même de voir mon père grimper sur l'échelle et marcher sur les tuiles. Un jour, le travail achevé, au moment de descendre, mon père glissa et vint choir de toute sa longueur sur la surface du ciment. Il dut rester plusieurs jours inactif, contraint à un congé maladie qui n'arrangeait guère la situation financière. Ma mère avait maudit longtemps monsieur Poireau. Elle envisageait même le non-paiement du loyer en compensation des dommages subis et des frais engagés. Mais mon père privé de l'esprit de révolte, a fait obstacle à toutes ces réactions saines et légitimes.

En été, souvent, les enfants du quartier se réunissaient autour de monsieur Granier. Il avait l'art de narrer. Derrière ses yeux bleus rieurs, il savait toujours introduire le doute. C'est ainsi qu'il nous raconta avec beaucoup d'humour la première grève des mineurs décasevillois qui eut lieu en 1886, je crois. Tous assis autour de lui sur les bancs qu'il avait lui-même construits, il nous raconta dans les plus petits détails la participation des femmes. La mine employait beaucoup de femmes polonaises, quelques-unes étaient yougoslaves. Pendant la grève, les femmes avaient décidé, lors d'un conflit qui les avait opposées au directeur de la mine, de lui régler son compte. Elles ont séquestré ce dernier qui avait dû subir bien des humiliations. Alors monsieur Granier leva son doigt, fronça les sourcils, "et même", ajouta-t-il... le ton de sa voix diminua, il observa les alentours comme s'il ne voulait partager ce secret qu'avec la bande juvénille que nous formions. Devant cette attitude, notre attention s'aiguisa, nos yeux s'écarquillèrent et nos bouches s'entr'ouvrirent, prêtes à happer la confidence. Soudain nous éclatâmes de rire, et devant notre incrédulité, monsieur Granier insista "mais c'est vrai puisque je vous le dis pécaïre". Il nous confia que certaines grévistes avaient uriné dans la bouche du directeur. Nous avons tous pensé qu'il fabulait, mais apparemment, toute la mémoire collective de la région avait conservé les mêmes évènements avec les mêmes anecdotes précises et cocasses.

Monsieur Granier nous semblait être un véritable livre d'histoires régionales. Il nous narra la première installation électrique considérée alors comme une véritable révolution. La naïveté de la population nous obligea de nouveau à desserrer les machoires. Lentement, roulant sa cigarette dans du papier avec ses mains noueuses, il relata les faits avec beaucoup de précisions. "La première fois, nous avons tous pensé à une invention du diable". Puis il s'arrêta, promena sa langue sur le papier pour maintenir le tabac entassé dans la gaine, puis porta la cigarette roulée à sa bouche, sortit un briquet de la poche, rejeta quelques bouffées et reprit son récit. "Quand on parlait de l'électricité, cette énergie qui ne s'épuisait jamais, on pensait que c'était une blague, car les rues étaient éclairées avec un système de lanterne, et le veilleur de nuit avait pour tâche de renouveler les bougies consumées. Le soir, le veilleur passait pour éclairer les rues sombres et au petit jour, il étranglait les restes de flammes qui avaient veillé toute la nuit". Malgré son âge avancé, je savais qu'il n'avait pas connu cette époque, il détenait ces informations de sa mère ou des plus anciens qui avaient légué leur mémoire orale aux plus jeunes. Quoique l'on dise, monsieur Granier occupait une place honorable dans le quartier. Nous l'appréciions tous et le respections. Lorsqu'il s'égarait dans ses réflexions, il parlait fort et en occitan. Il avait un corps sec, si sec que son pantalon dénudait le bas de ses reins. Même la ceinture qui entourait sa taille semblait inefficace. Et de temps en temps, il était si plongé dans ses occupations que nous craignions de voir son pantalon tomber et ainsi notre pudeur atteinte. Mais à la dernière limite, monsieur Granier prenait conscience de l'effet qu'il pouvait produire, alors il relevait son corps, la tête plongée dans d'interminables calculs et hypothèses, et avec l'envers de la paume de ses mains, il rehaussait son pantalon qui ne gardait la hauteur décente que le temps d'un soupir.

A force de persévérer, je sais enfin lire. Je sors de l'obscurité dans laquelle j'étais plongée. je lis couramment et sans aucune difficulté. Mes yeux avides remarquent tout sur le passage, enseignes commerciales, noms de rues et affiches publicitaires. Je lisais et relisais les lettres accolées, les signes, craignant qu'ils n'occultent quelques secrets. Je fouillais constamment ce matériau car j'avais conscience de sa valeur. Ma joie était immense, et que peut-il arriver de plus merveilleux à un aveugle sinon de voir la lumière ? Je me sentais soudain plus forte et moins isolée. Mes parents n'ont nullement partagé ma joie. A l'école, je dévorais le livre de lecture. Je voulais aller loin, toujours plus loin, connaître davantage. Cette soif, qui pouvait l'étancher ? A la maison, je ne disposais d'aucun livre pour apaiser cette demande grandissante, et mon esprit en feu ne cessait de réclamer de nouvelles pages susceptibles de me procurer la paix. C'est alors que je mis sur pied une ingénieuse idée. Je savais que Monique, Agnès et Brigitte disposaient d'un grand nombre de livres auxquels elles ne portaient aucun intérêt. Le seul intérêt qui les motivait, c'était encore ma longue chevelure noire qu'elles se plaisaient à caresser et à coiffer. Je leur proposai un marché tout à fait équitable, qu'elles acceptèrent toutes les trois sur le champ. Assise sur une chaise, elles déposèrent à mes pieds un cageot de livres, contre la location de mes cheveux qu'elles peignaient à tour de rôle pendant des heures et des heures. Je ne sentais même plus le frottement du peigne contre le cuir chevelu, qui, irrité, prenait de la couleur.

Lorsque nous recevions du courrier d'Algérie, mon père se dépêchait toujours de me tendre la lettre pour que je la traduise. Mais les graffitis inscrits par une main adulte n'étaient pas toujours décodables pour un enfant. J'avais d'énormes difficultés à déchiffrer les lettres non pleines et espacées, et devant mon incapacité au déchiffrage de cette écriture, mon père me jetais à la figure "bourrique, qu'est-ce que tu apprends à l'école ?" Devant la réflexion blessante, je rougissais et je baissais les yeux. Dès l'âge de sept ans, je commençais à remplir tous les documents administratifs. A la moindre erreur, l'œil dur de mon père ne m'accordait aucune indulgence. Il affirmait que je perdais mon temps sur les bancs de l'école, que je serais certainement plus rentable en m'engageant dans le gardiennage d'un troupeau de moutons. Si tu savais, mon père, combien tes paroles ont fait pleurer mon cœur dans l'obscurité de ma chambre. Je préférais encore la rédaction du courrier car personne ne pouvait relever mes fautes d'orthographe. Le style de mon père n'avait pas évolué, et moi, scribe attentif, je retranscrivais sur le papier à lettres toutes ses demandes maladroites. “Nous sommes en bonne santé, j’espère que cette lettre vous trouvera de même. “Réponse urgente, ne nous oubliez pas, le bonjour aux grands et aux petits, chacun par son nom, le bonjour à celui qui lira cette lettre”. C’était les phrases rituelles et sacro-saintes que mon père me débitait à chaque rédaction de correspondances familiales.

Ma mère n’avait aucun savoir faire ni expérience concernant le budjet du couple. Elle me faisait part des articles à acheter. Avec l’argent confié j’achetais avec beaucoup d’attention. Je veillais au rapport qualité-prix. En Septembre, à la rentrée des classes, j’aimais à choisir les vêtement neufs, les blouses aux couleurs sombres, et les articles de classe, les cartables et les crayons dans leurs étuis transparents. J’étais donc chargée d’établir la relation avec l’extérieur. Pour toutes les situations, j’ai dû m’avancer la première, parler, traduire et agir. J’ai vieilli bien avant l’âge, et ma maturité plus que précoce s’est tissée dans toutes ces expériences graves et douloureuses. J’avais acquis la confiance totale de ma mère qui me faisait remarquer que je savais acheter aussi bien qu’un adulte. Je recomptais la monnaie que les commerçants me remettaient, inutile de tricher, je savais compter. Je me souviens encore, lorsque je me trouvais dans les bureaux des services postaux, ma petite taille ne me permettait pas d’atteindre les guichets, et les postières étaient obligées de se lever pour réceptionner ma demande. Souvent, mon père dépensait une bonne partie de l’argent au tiercé, aux sorties et quelquefois à l’alcool. Il lui arrivait même de refuser de nous remettre l’argent minimum pour les achats de première nécessité. C’était ainsi que pendant trois jours nous avions connu la faim. Il ne restait plus qu’un paquet de pain d’épices qui nous a nourries ma sœur et moi, pendant que Fadéla était alimentée au biberon par des tisanes de menthe que ma mère récupérait au jardin. Mon père arrivait alors à midi, s’arrêtait chez Arlette pour l’achat d’une boîte de petits pois, quelques œufs. Il confectionnait son repas devant nous, enveloppées de toutes les odeurs. Il se mettait à table, dévorait et nous, dans un coin de la pièce, nous le regardions manger goulûment. Malika le suivait des yeux, et elle accompagnait chaque bouchée qu'il avalait avec le mouvement de ses machoires vides. Je la regardais saliver. Quant à moi, avec ma fierté paysanne, j'assistais indifférente à ce repas de prince despotique. Lorsqu'il avait terminé, il jetait les nombreux restes dans la poubelle, et une fois qu'il refermait la porte derrière lui, Malika se ruait sur la poubelle recherchant les petits pois coagulés par le blanc de l'œuf.

Nous avions toujours craint ses humeurs. A travers ses gestes, je retrouvais sa mère. Sa mère l'habitait sans nul doute. Et je me mis à le détester encore plus fort. Son comportement n'était rien d'autre que celui d'un despote qui usait et abusait de son pouvoir de chef suprême. D'autant plus que nous ne disposons d'aucune soupape de sécurité, trop isolées du cercle familial qui n'aurait jamais admis une telle injustice. Et il le savait ; c'est pour cela qu'il cultivait vicieusement cet abus. A qui pouvions-nous nous plaindre quand le parent le plus proche se trouvait à sept cents kilomètres au-delà de la mer ? Et le plus souvent ses crises d'hystérie étaient imprévisibles. Tout était prétexte à déclencher le scandale, de nuit comme de jour, nous étions taillables et corvéables à merci. Ces excès de folie qu'il exhibait et dont nous faisions les frais nous maintenaient à l'écart. La relation père-enfant n'existait pas. Nous nous réjouissions de ses absences et nous nous méfiions de sa présence que nous savions dangereuse. Lorsqu'il était parmi nous, une atmosphère d'insécurité régnait, car nous savions qu'il était seul maître à bord et qu'il pouvait nous faire échouer à tout moment et dans n'importe quelle condition. C'est ainsi qu'un soir d'hiver nous avions dormi sur un banc de neige, il avait même refusé de nous remettre la clef de la cave. Ma mère refusait de mendier l'aide des voisins, trop soucieuse du "qu'en dira-t-on". Elle voulait aussi préserver notre intimité que beaucoup auraient eu plaisir à avilir. Nous consommions en silence la folie inhumaine de mon père, avec l'ultime espoir qu'un jour germeraient des lendemains meilleurs. Et lorsque ma mère nous parlait de l'existence divine, je me demandais de quel genre de cécité Dieu était atteint pour ne point intervenir dans nos vies misérables. Et quand il m'arrivait d'émettre un vœu pieux dans mes prières, je réclamais justice, j'exigeais la sentence de mort pour mon père.

La fertilité de ma mère dans la reproduction était indiscutable. Bien sûr avant que son ventre ne s'arrondisse, ses larmes venaient à nouveau la devancer. Ses grossesses qui travaillaient son ventre étaient loin d'être désirables. J'appréhendais toujours le déroulement de l'accouchement. Un matin de Février, ma mère me réveilla et à son visage décomposé, je compris que l'heure était venue. J'ai fait chauffer de l'eau dans la bassine d'aluminium, j'ai préparé le petit déjeuner pour Malika et le biberon pour Fadéla. Moi, je n'ai rien pu avaler, tant la douleur de ma mère m'oppressait. Elle était là, agenouillée sur son nid de paille, et suspendait sa douleur à la corde raide qui était le seul lien solide sur lequel elle pouvait prendre appui. Ma sœur était là en spectatrice, et moi en assistante attitrée et habituée car ma position d'aînée me propulsait au devant de la scène où la misère sociale était le principal thème. J'avais remarqué qu'elle tenait près d'elle une paire de ciseaux brillants de propreté. Mon père se tenait dans la pièce à côté, refusant d'apporter son aide, trop occupé à huiler une serrure qui ne fonctionnait pas. Je l'ai entendu nous maudire et nous injurier comme si nous avions commis quelques frasques délirantes. Je laissais ma mère le moins possible seule. Je poussais aussi fort qu'elle au moment des contractions qu'elle étouffait pour nous éviter la peur. Dans mon intérieur de petite fille mutilée, j'aurais voulu lui dire combien je l'aimais dans ses instants de douleur, mais l'éducation, tout ce qui compose notre inconscient collectif, fait barrière à tout, surtout au meilleur de nous-mêmes, à l'expression sentimentale. C'est ainsi que nous sommes devenus les orphelins de l'expression la plus simple, la plus humble. On annihile toute réaction saine. Nous devions refouler les sentiments les plus nobles et les plus sincères. La dernière poussée de ma mère expulsa le corps d'une petite fille pleine de vitalité qui ne cessait de hurler comme pour mieux nous imposer sa présence, narguant ainsi toutes les lois et les coutumes bâties autour de ce vagin, porte sur laquelle a été fondé tout le système de notre civilisation. Ma mère coupa le cordon, puis me remit l'enfant auquel je donnais le premier bain. Aux cris du bébé, mon père accourut, prit la connaissance du sexe de l'enfant. Alors il cracha et insulta ma mère, il lui déclara menaçant : "ëddem-it, effeγ" (tu la prends et tu sors) en lui montrant la porte. Mais celle-ci n'a pas pris en compte sa menace. Elle soupira et se lança dans un court monologue de chahada (profession de foi). J'ai langé l'enfant, qui petit à petit se calmait. Une envie de hurler et de vomir sur ce monde fou aux règles folles allait et venait dans mes entrailles remplies de fiel. La nausée me saisit.

Toi, ma mère, qui n'as eu pour fidèles compagnes que tes larmes rouges de sang et dont l'irritation a mangé tes yeux, toi qui n'as connu que des hivers pluvieux et froids, tu as marché pieds nus sur des chemins épineux. Tu n'as connu que le poids de l'ombre et tu ignores le goût du soleil, le dos courbé, tu uses ta vie dans un long cauchemar. Toi la flamme éteinte, muette, prisonnière du nom de FEMME. Toi, ma mère, tu es le nom, mais mois je fais le serment, parole de femme, que demain je serai Verbe. Je serai force, je gronderai tel un tonnerre. En souvenir de ta fontaine de larmes qui m'a interrogée, qui a troublé le repos de ma jeunesse, je te jure, ma mère, que j'honorerai ton nom. Je ne cesserai durant tout mon combat de vanter la beauté de la rose. Toi, l'homme de ma tribu, cesse de me harceler, de me mépriser, ta liberté est liée à la mienne. Je me battrai, ma mère, mais jamais je ne pourrai vivre et subir toutes ces injustices féodales. Jamais je ne pourrai partager ma vie avec un homme de ma culture, jamais je ne lui laisserai le temps de m'approcher. Tu m'as déchirée, homme de ma tribu. Inutile de chercher à m'apprivoiser, car il y aura toujours le doute, l'interrogation et la peur dans tout ce que tu voudras m'apporter. Tout mon corps geint et je suis tatouée jusqu'à la moelle. Ce soir là, je n'ai pu trouver le repos, malgré la journée épuisante pour la petite fille de huit ans que j'étais. Toute la nuit, je serrais les dents, et je me répétais "je me battrai, je me battrai jusqu'au bout". Le lendemain, mon père alla enregistrer sa cinquième fille sous le prénom de Fatima.

Depuis notre arrivée en France, je commençais à entendre les critiques des Français sur la guerre d'Algérie. Au café Soubrié, après le journal télévisé, les hommes commentaient haut et fort le drame algérien. Certains démentaient, en apportant à l'appui le journal auquel ils étaient abonnés. Les ouvriers gesticulaient autour de la bouteille de vin rouge.

– "L'Algérie," dit le plus échauffé d'entre eux, "une bonne bombe comme Hiroshima et on n'en parle plus...

– "Ta réponse est irrecevable," rétorqua le délégué syndical, "au nom de quel droit de telles pratiques ? Non ! ce qu'il y a de mieux à faire, c'est le retrait immédiat de nos troupes. N'oublie pas que les nôtres se font massacrer là-bas. Mon frère Michel m'a écrit, il me dit que c'est l'enfer..."

A l'école, j'ai redoublé le cours préparatoire, au grand désespoir de mes parents. Pour cette raison, je n'ai pas eu de cartable neuf à la rentrée scolaire. J'ai longtemps erré avec un cartable rouge que j'affectionnais particulièrement car j'y rangeais tous mes objets les plus secrets. Par la suite, j'obtenais de bons résultats en français, conjugaison, grammaire, poésie, histoire et géographie. Par contre, j'étais devenue une réfractaire endurcie aux mathématiques. J'ai connu une scolarité en dents de scie à cause de cette matière, mais aussi à cause de la bêtise et de l'incompréhension de certaines institutrices. Toutes reconnaissaient mes capacités plus que performantes en français. Je me souviendrai toujours de la réflexion de la douce madame Sellier qui, un jour, m'avait dit en me rendant un devoir : "Ce n'est pas une rédaction que tu as écrit, mais un poème, tu seras douée en français". Mais il y avait deux autres institutrices qui ne l'entendaient pas de cette oreille. Pour madame Sallabert et madame Merrand, deux vipères aux yeux verts, j'étais une enfant qui écrivait normalement, sans aucun trait particulier me distinguant des autres. Et lorsque madame Merrand plus tard me questionna sur le futur métier que je voulais exercer, je répondis naïvement avec le sourire "Professeur de français madame." Elle partit d'un grand éclat de rire, riait à gorge déployée, cette pauvre institutrice débile formée à l'Ecole Normale. Elle retrouva son calme, sans pour cela effacer les quelques restes de rire sur son visage, puis me lança droit dans les yeux "Mais tu n'es même pas Française pour t'inscrire au baccalauréat". Comment peut-on confier l'éducation de ses enfants à une institutrice aussi malsaine, aussi veule ? Il y avait bien longtemps que j'avais découvert son jeu. Les filles dont les parents étaient commerçants ne cessaient de la soudoyer. J'ai vu le marchand de primeurs lui glisser les meilleurs fruits, les meilleures grappes de raisins. A sa question "Combien ? ", il lui répondait "Cadeau", et l'affaire était close. Catherine était exemptée de gifles, et ses notes enflaient sans cesse. Même pour ses rendez-vous chez le dentiste, elle ne prenait même pas la peine de se déplacer ; elle griffonnait sur une feuille une heure et une date que Françoise, la fille du chirurgien dentiste de la ville, remettait à son père. Mais les parents de Carmélia, Monique et les miens n'avaient rien à lui offrir. J'avais compris que la seule manière de me venger, c'était encore mes études. C'était un pari que je devais tenir coûte que coûte.

Au fur et à mesure que je grandissais, de nouvelles questions émergeaient, et des centres d'intérêt se confirmaient. Je m'intéressais beaucoup à la géographie, mais aussi à l'histoire, matière à laquelle je consacrais tout un flot de questions. Les brefs résumés d'histoire voulaient que l'on retienne ; "Nos ancêtres s'appellent les Gaulois, et leur pays la Gaule". Et je répétais inlassablement : "Nos ancêtres s'appellent les Gaulois, et leur pays la Gaule". Mais je savais que c'était faux. Les livres d'histoire mentent. Qu'on m'enseigne mon Histoire. A force de lire, de me documenter, j'appris qu'il existait d'autres civilisations plus anciennes. Dans un ouvrage, j'ai pu reconnaître la société numide qui a laissé des empreintes et dont nous sommes les descendants. Lorsque je me reportais à l'image de mon grand-père, je ne trouvais rien de comparable au Gaulois dessiné sur le livre. Car mon grand-père était la seule image proche qui pouvait représenter un temps ancien.

Inutile de comparer l'incomparable, puisque il y a deux temps et deux espaces différents. Mon grand-père possédait le profil et la tenue vestimentaire décrit par l'ouvrage en question, qui expliquait les rites, les modes de vie, et la religion pratiquée. Les informations étaient assez claires et précises pour comprendre l'existence des mondes anciens. Depuis ce jour, j'ai appris à me méfier des livres d'école, mais en même temps, je ne pouvais me passer de leur nourriture qui était vite devenue indispensable, voire vitale.

Un matin, ma mère se leva et dit "urgaγ targit" (j'ai fait un rêve). Nous étions tous présents, y compris mon père. Inquiète, je me demandais quel nuage allait encore éclater sur nos têtes fragiles et sans défense. Car je savais que tous ses rêves étaient prémonitoires : bons ou mauvais ils se réalisaient, dans les circonstances exactes du rêve. Elle nous avait même avoué que le même rêve avait hanté plusieurs fois ses nuits. Il s'agissait d'une très belle femme kabyle qui lui montrait le magnifique portrait d'un enfant mâle "wali-t, semmi yas Saïd" (regarde-le, appelle-le Saïd, tu as entendu, je t'ai dit Saïd). Et ma mère se réveillait chaque matin intriguée et inquiète. Comment pouvait-elle appeler son enfant Saïd, puisque le couple maudit Saïd et Tassadit avaient été les instigateurs et les responsables d'une période douloureuse ? Comment raviver le nom de son ennemi ? Mais la naissance d'un garçon pourrait peut-être réduire l'agressivité bestiale d'un père affligé par le destin qui lui a infligé un lot élastique de filles. Mon père écoutait gravement et il était tout attentif à la grossesse de ma mère. Au premier arrivage de fruits ou de légumes sur le marché, mon père était déjà là pour approvisionner le garde-manger et satisfaire les envies de ma mère. Ce comportement inhabituel était en rapport avec l'attente d'une échéance heureuse. Et j'appréhendais la fin du contrat, car je savais que mon père pouvait à tout moment nous charger de toute sa brutalité despotique. L'espoir et la crainte gonflaient au même rythme que le ventre de ma mère. Et lorsque celle-ci fut agenouillée par les douleurs, mon père nous demanda de regagner la chambre du premier étage et de n'en bouger sous aucun prétexte. Les ordres étaient adressés à l'aînée, c'est-à-dire à moi à qui il incombait donc de me faire obéir par les trois benjamines ! Pendant toute l'attente de l'accouchement, une peur atroce me dévorait le ventre. Mes genoux pliaient continuellement, il m'était difficile de me maintenir longtemps dans une station debout. C'était la première fois que ma mère en couche se passait de mon assistance. J'entendais en bas la porte s'ouvrir de temps à autre. Mon père devait certainement surveiller la température de l'eau pour le bain, le placard a été ouvert, je pense qu'il devait préparer les langes. Tous ces gestes improvisés étaient dictés par ma mère suspendue à sa corde, dans toute la verticalité de sa douleur, qu'elle étouffait. Soudain des cris, et des cris, l'enfant était né. Garçon ou fille ? Pourquoi mon père ne nous faisait-il pas signe ? Pourquoi nous laisser davantage dans l'angoisse et l'incertitude ? Je crus que j'allais mourir étouffée par la corde de la peur qui se serrait et se nouait autour de ma gorge. La porte s'ouvrit, mon père nous appela. J'ai compris bien avant qu'il ne prononce un mot. Ses yeux rieurs dont la pudeur ne laissera entrevoir que le minimum, et quelque peu brouillés, ses lèvres dégagées laissèrent apparaître une machoire blanche. "C'est un garçon !". Il nous fit rentrer dans la chambre. Ma mère avait quitté son nid pour se refugier dans le lit. Son visage était jaune et exprimait encore la douleur et la fatigue que lui avaient laissé ses paraphes. Tout près d'elle, un berceau dans lequel bougeait une boule de chair rose. Un vrai baigneur. Ma mère nous avait proposé de le tenir dans nos bras, mais nous avions refusé de crainte de le casser. Un garçon, c'est peut-être fragile ! Aucune de nous n'a voulu prendre ce risque. Et ma mère riait d'un rire encore faible et dépourvu de force devant notre naïveté enfantine. J'ai appris plus tard que c'était mon père qui avait coupé le cordon ombilical à son fils. Ma mère pour ne point éveiller la colère de la dame kabyle qui venait habiter ses rêves, appela son fils Sâdi au lieu de Saïd. Elles ont dû s'expliquer et trouver un terrain d'entente, et par cet accord tacite l'évènement fut clos. Arlette a partagé notre bonheur. Elle est venue toute rieuse présenter ses vœux à ma mère. Elle lui avait apporté des gâteaux, des bonbons et une brassière bleue pour Sâdi. "Il va vous porter bonheur ce garçon, il est né un Vendredi 13." Allons bon, voilà maintenant qu'on associe la superstition à une naissance purement hasardeuse.

Je n'ai jamais vu ma mère aussi entourée après l'accouchement. Mon oncle Méziane, hospitalisé à Agen à la suite des blessures de guerre, fut avisé par mon père qui lui adressa un télégramme, l'informant ainsi de l'évènement de l'année. Il est arrivé très élégant dans son costume bleu marine et son feutre gris. Il tomba dans les bras de ma mère et tous deux pleurèrent comme des enfants. Quand les mouchoirs épongèrent leurs larmes qui ont trahi leur émotion, Meziane sortit de sa poche une petite boîte que ma mère ouvrit. Enveloppée dans du coton bleu, une gourmette jaune gravée aux initiales de Sâdi, et au verso la date miraculeuse de sa naissance. A la manipulation précieuse, j'ai compris que le métal jaune était de l'or. Ma mère de nouveau tomba dans les bras de son frère. Et tous deux se laissèrent aller à leur tendresse et affection. Dans le quartier, la naissance de Sâdi devint le seul évènement exploité et exploitable qui alimentait toutes les conversations. L'arrivée de l'enfant mâle après cinq filles fut relatée à voix basse comme s'il s'agissait d'un miracle. Ma mère se remit très vite de ses couches. Son frère l'avait enveloppée d'une particulière attention. Il était très adroit dans le domaine culinaire. Il préparait de nombreux plats consistants, souvent ses recettes étaient françaises. Mais il avait conservé une vieille habitude kabyle qui consistait à faire consommer beaucoup de viande à la parturiente. Elle a même eu droit à l'omelette de semoule arrosée de miel, que nous avons tous partagée autour d'elle et dégusté avec un café-crème. Nous avions tous partagé sa joie et ses sucreries autour du berceau où reposait l'enfant prodige, l'enfant-roi. Je goûtais à tous ces mets jamais présentés, jamais consommés, mais j'ai conservé l'arrière-goût, l'amertume de la naissance de Fatima. Et malgré toutes ces bouchées sucrées que je ne cessais d'engloutir, de temps à autre des soubresauts de nausée me surprenaient, me torturaient l'estomac qui renvoyait le tout sous forme de boulettes insipides. Et je faisais des efforts surhumains, je me battais contre ce mécanisme de rejet pour que le sucré et l'amer mêlés puissent être assimilés sans créer une anarchie organique quelconque. J'ai dû m'inventer une enzyme bizarroïde qui favorise cette opération. Cette enzyme, c'était ma mère à laquelle je ne devais point gâcher son bonheur, bonheur trop court, dosé avec parcimonie. Sur la façade extérieure, je devais exposer un masque avec un sourire complice de ces moments euphoriques. Euphorie factice. Si tu savais, ma mère, les interrogations virulentes qui brûlent en moi et qui me déchirent. Pourquoi la naissance d'une petite fille est signe de deuil ? Pourquoi toutes ses chances et ses espoirs sont-ils enterrés le jour où elle naît ? Pourquoi la terre ensevelit-elle sa part dès son premier cri ? Mon Dieu, pourquoi cette différence biologique sépare-t-elle l'homme et la femme, et les cantonne dans des espaces ennemis ? Qui peut répondre à ces questions de petite fille qui a grandi trop tôt, qui a grillé bien des étapes et qui ne cesse de se torturer l'esprit pour comprendre, après avoir trop vu. Toi, ma mère, tu ne peux m'apporter aucune aide, aucune réponse, trop imbue d'un fatalisme qui te dévitalise. Et ce n'est certainement pas toi, le père éternellement absent, simple fantôme irresponsable, qui me fournira une quelconque réponse. Toi, mon père, qui m'as à demi égorgée, laissant là mon cœur à tout venant. Dès l'aube, tu as assassiné mes tendres printemps. J'adresserai alors ma requête à Dieu. Et j'irai consulter ses écrits, véritables parchemins fanés et fragiles, comme la vérité. Mais sur mon chemin, je ne cesserai d'interroger, d'arracher les mots un à un, aux êtres et aux choses, je confronterai le passé et le présent, l'homme et Dieu, la vie et la mort, mais je saurai la vérité. Cette vérité que chacun veut sienne, alors qu'elle est unique comme la voix divine. Cette vérité antique, hier édifiée sur le temple culturel de la cité, aujourd'hui présente mais difforme. Cette vérité si belle, si authentique, n'a point changé, il faut seulement savoir l'adapter à son temps, car seuls les temps ont changé. Et si mon raisonnement est erroné, j'interrogerai toujours mais je saurai.

IX
L'INDEPENDANCE

Je n'ai pas reconnu ma mère. J'ai eu très peur. J'ai cru qu'elle perdait la raison. Je ne l'ai jamais vue danser, lancer des you-you. "C'est l'indépendance", criait-elle. Elle avait dénoué le foulard qui retenait sa longue chevelure noire, et s'était entourée les hanches avec, et elle dansait au rythme de la musique que le poste émettait. Je ne l'ai jamais vue dans cet état de transe. Car durant toutes ces années de guerre, elle ne cessait de nous clamer le jour de l'indépendance. Bien sûr, elle parlait au futur, mais ce futur fut si proche dans notre esprit que déjà nous anticipions le retour à la terre promise, sur laquelle le serviteur soumis et fidèle ne répondrait plus à l'étiquette de colonisé, où le maître européen ne vivrait plus dans un luxe provocant. Elle nous commentait le retour avec beaucoup d'enthousiasme, nous allions enfin fouler du pied un pays nouveau avec une génération nouvelle. Chaque phrase était ponctuée de you-you étouffés et discrets, qui symbolisaient la victoire proche marquant ainsi la fin du cauchemar où enfin l'esclave se libère de ses chaînes.

Ce matin de l'année 1962, ma mère semblait hystérique. C'était enfin la vraie victoire, celle dont nous avions tous rêvé le jour où nous avions pris les armes, cette indépendance qui nous avait gonflé le cœur d'espoir, et nous avait conduits sur la route la plus scabreuse : la plus difficile que puisse connaître l'humanité. Cette liberté est enfin arrachée au nez du colonisateur après sept ans d'angoisse, de peur et de cauchemars. Je te revois, encore, ma mère, l'oreille collée au poste de T.S.F. auquel tu arrachais tous ses secrets. Tu rayonnais de bonheur et papillonnais tel un feu-follet. Mes sœurs et moi sommes restées perplexes devant cette fièvre jamais exhibée. Et pendant ce temps, les larmes sucrées n'ont pas quitté le nid de tes yeux dans lesquels on pouvait lire un brasier ardent en pleine consumation. Le poste avait fonctionné toute la journée, nous reliant à Alger de sa voix nasillarde entrecoupée tantôt par des you-you, tantôt par l'hymne national scandé par des voix, masculines pleines de virilité. Cet hymne symbolisait et concrétisait face à tout esprit incrédule le jour de l'indépendance, tant convoitée, tant attendue, tant rêvée comme le jour. Le soir, ma mère pleurait toujours à l'écoute, accompagnée par ces voix de femmes qui témoignaient de leurs souffrances, de leurs privations. Elles relataient l'histoire de leurs proches, morts souvent dans des conditions inhumaines. Toujours par l'intermédiaire du poste, on recevait la chaleur et la fièvre humaine de tout un peuple qui venait d'émerger d'une longue léthargie brisant ainsi ses chaînes d'esclave. De temps à autre, le "baroud" (coup de feu) éclatait comme pour nous rappeler la présence des hommes. Mon père était joyeux mais moins expansif que ma mère. Le mot "indépendance" signifiait surtout dans mon esprit d'enfant la fin des interrogatoires pour ma mère, et l'absence de tous ces uniformes que portaient des hommes sans scrupules qui nous arrachaient à nos rêves bleus dès que le soleil abandonnait la terre. Pour fêter l'évènement, des responsables ont contacté mon père. A Castres, était organisé un traditionnel couscous qui avait permis ensuite l'ouverture d'un débat. Le soir, il était rentré épuisé par la foule houleuse qui avait tenu à être présente ce jour-là, et aussi par le long discours creux qu'il fallait ponctuer par des applaudissements et des you-you. Régulièrement, des hommes venaient pour une collecte, et ils remettaient contre l'argent reçu un timbre portant l'emblème de l'Algérie nouvelle, et mes parents prenaient soin de coller ce timbre sur un carnet réservé à cet usage. J'avais souvent entendu parler de réunion de l'Amicale des Algériens. Mon père était certainement dépassé par tout cela et il ne répondait jamais à leurs invitations. Il se contenfait en bon Algérien de s'acquitter de sa cotisation mensuelle. Ainsi sa crédibilité était assurée. Les mêmes collecteurs proposaient à leurs adhérents le portrait de Ben Bella moyennant pécule.

Il me reste encore de cette époque le souvenir des grognements de ma mère, car j'avais su qu'une autre collecte géante était organisée auprès des femmes, afin qu'elles fassent don de leurs bijoux. Cela faisait partie, disait le discours, du sacrifice que chacun d'entre nous devait apporter afin de commencer à édifier cette nouvelle Algérie. Cette édification était cimentée dans la mendicité. Si l'on analyse bien la démarche, au départ, ce n'était qu'un simple appel à la générosité et à la compréhension du peuple tout nouvellement affranchi. Mais les réfractaires qui dénonçaient cette attitude, et pensaient que l'on avait à faire à des racketteurs, étaient vite jugés comme éléments perturbateurs et étiquetés de traîtres à la révolution. Je comprends pourquoi ma mère ruminait dans son coin sa colère. Partisan acharnée de l'indépendance, militante active, parce qu'elle refusait de faire glisser le bracelet en argent massif scellé à son bras pour l'ajouter au trésor national, aujourd'hui on vient la culpabiliser comme traître, car elle ne voulait point se démunir du peu qui lui restait. Pendant des années, plus d'un million d'hommes ont sacrifié leur vie pour que l'indépendance fleurisse, aujourd'hui quelques temps après, on demande aux survivants de la révolution de dénouer leur bas de laine et de sacrifier leur épargne pour faire fleurir les projets et germer un blé nouveau qui nourrira ces bouches affamées. En conclusion les morts sont les plus enviables, on ne peut plus leur quémander quoi que ce soit. Quant aux audacieux, ceux qui on osé survivre à tous ces évènements, on vient aujourd'hui les presser comme des citrons, comme s'ils devaient justifier leur survie et se faire pardonner d'être recensés dans le monde des vivants. Je partage ta colère, ma mère. Car refuser une telle concession, cela s'appelle de l'indécence pour certains. Tant pis si tes actes choquent, inutile d'en rougir. Prendre le risque de déplaire, outrepasser la norme, c'est vivre tout simplement, ou vouloir exister. Il n'est guère incongru d'affirmer sa position, même si le temps est aux hostilités. Il serait trop facile d'accepter l'existence que l'on veut nous faire subir sans se rebeller. L'Etat et le peuple doivent coopérer ensemble tout en sachant que chacun a des devoirs et des obligations. Et si le pouvoir représente l'élection d'un choix, il ne doit pas omettre que la base est composée d'effectifs humains qu'il se doit de respecter, et surtout qu'il ne doit pas la dépouiller à l'image de son prédécesseur qui a été condamné par un appel au combat, et rejeté par l'expulsion déchirante. Ma mère a eu raison de conserver jalousement ses bijoux de famille. Elle y veillait comme une poule vigilante, sachant que cela représentait son dernier capital secours.

Pendant longtemps, je pensais que le mot "indépendance" était un mot magique qui allait transformer bien des choses et des mentalités. Mais ma naïveté enfantine allait connaître quelques soubresauts agencés d'interrogations sans fin. Le quartier s'est tout à coup peuplé de pieds-noirs. Les quelques habitations disponibles ont été prises d'assaut. Pour d'autres, ils devaient accepter l'hébergement chez leur famille en attendant la construction de nouvelles cités. Eux aussi avaient beaucoup de mal à se faire accepter par la population. A travers les gestes de leur corps, et leur parler, ils disaient toute leur différence. Le rejet, l'exil, ils le vivaient mal. Ils devenaient aigris, et dans nos rencontres même hasardeuses, ils lâchaient cette agressivité propre à un scorpion par les propos suivants :

"Alors, maintenant que vous l'avez, cette indépendance, partez donc chez vous, allez dehors..."

Les insultes fusaient en arabe. Ils se disaient français, et déclaraient être chez eux. Avec un profil très méditerranéen, ils répondaient au nom patronymique de Ramirez, Fernandez, ou Cappucci. Je pense qu'en aucun cas, il ne fallait répondre à leurs provocations. Avec l'arrivée des pieds-noirs, il y avait aussi l'arrivée des harkis. Et quelques familles s'installèrent dans le bassin houiller.

Et pour la première fois à l'école, je n'étais plus la seule étrangère du Maghreb. Fatima, fille de harki, très arrogante, était devenue très vite un cas particulier pour toute l'école. Elle était mal vêtue, mal dégrossie, ce qui l'avait isolée de toutes les filles qui ricanaient non pas derrière son dos, mais sous son nez. Son retard scolaire n'arrangeait en rien sa situation. Les institutrices avaient appris à nous différencier. J'étais devenue la référence, l'étrangère qui s'est bien intégrée au pays d'accueil, et avait épousé toutes ses pratiques sous toutes les formes. C'était d'ailleurs une série de constats honorables certes, mais dépourvus de toute valeur, car notre intégration n'était qu'une apparence extérieure. Un simple présentoir, un côté factice. Une fois regagné l'intérieur de notre maison, je retrouvais tout le mode de vie, les valeurs, les traditions immuables de la structure kabyle. En somme, tout n'était qu'un jeu de voile. A l'extérieur, parmi les autres, je jouais, mais sitôt réintégré le toit de notre maison, je retrouvais toute cette sensibilité, ces gestes bien de chez nous. Combien de fois, dans notre entourage j'ai entendu : "la famille Mansour est bien", je savais que derrière ce qualificatif, il y avait un souci d'intégration, et qu'en apparence, nous semblions avoir rempli le contrat. Mais en règle générale, j'avais retenu qu'un étranger demeure toujours un étranger. "Intégré" est la sacro-sainte étiquette qui permet d'apaiser les esprits inquiets devant tout visage inconnu. La souffrance de Fatima devait être grande, lorsque son visage aux traits ingrats, sa tête pouilleuse et ses vêtements portés sans soin l'isolaient dans la cour en pleine récréation où les filles se débattaient pleinement heureuses. Elle se tenait immobile attendant le coup de sifflet final qui appelait à la formation de dizaines de rangs qui allaient se perdre enfin dans les classes. Par la logique des choses, j'étais et je suis Algérienne. Mais la pauvre Fatima, elle, ne suscitait que des fous-rires autour d'elle lorsqu'elle disait être Française. Pour les Français, elle était Algérienne, et pour les

Algériens, elle était fille de harki. A l'intérieur de cette double appellation, se traduisait toute la problématique de l'histoire coloniale. A l'école, les filles refusaient de la prendre au sérieux. Tout le monde, y compris les institutrices, l'avaient répertoriée sous l'identité algérienne. Et chacun savait qu'une erreur était entretenue. Fatima, de par le mauvais choix de son père, vivait une difficile transition. J'avais longtemps conservé dans ma mémoire la leçon de géographie enseignée par madame Merrand. Nous avons fait ensemble le tour des continents et des races sur la carte suspendue au tableau. Elle nous demanda de retenir que la France faisait partie de l'Europe, le Français était de race blanche, et son teint clair, blond, aux yeux bleux permettait de l'identifier. La classe était représentée par trois quarts d'élèves françaises et aucune d'elles ne répondait à ce type. Nous étions dans le sud de la France, et les têtes bronzées était légion. Mais cette leçon ne s'est pas limitée là, elle se termina en apothéose, et j'ignore si de nombreuses élèves ont retenu la grotesque gaffe de l'institutrice à la question d'une élève : "Quelle est la couleur d'un métis ?" Madame Merrand resta un moment perplexe : "Un métis, c'est presque ça, mais Fatima est un peu trop blanche pour être une métisse." Après avoir détaillé l'aspect du cuir chevelu, elle demanda à son élève de regagner sa place.

Souvent, le jeudi après-midi, nous nous rendions aux activités et jeux qu'organisait le patronage. Nous étions encadrés par des monitrices. Les après-midi, nous participions à des goûters dans la nature. Quelquefois, on se rendait au stade Camille Guibert pour des jeux collectifs ou des rencontres de sport, c'est ainsi que j'ai appris à jouer au basket. Mon goût pour le sport, c'était sur ce terrain-là que je l'avais trouvé. L'hiver, la nature était plus hostile, alors nos sorties étaient plus limitées. Les rendez-vous au cinéma "Le Family" étaient fréquents, les burlesques de Charlot et les aventures de S.Laurel et O.Hardy nous faisaient mourir de rire. Quelquefois, on boudait le cinéma pour rester à l'école Raycade, où dans une grande salle, on nous projetait des diapositives de Walt-Disney, ou Bambi. Le fils du roi de la forêt, réussissait à nous émouvoir lors de ses premiers pas dans l'immense végétation où ses amis et ses ennemis formaient un ensemble hétérogène. On nous encourageait à participer à toutes ces activités. D'ailleurs, un cahier de présence était tenu par les institutrices pour relever la fréquence de notre assiduité. Mes absences étaient rares. A Noël, en plus du traditionnel goûter, on avait la possibilité de choisir un jouet en fonction du nombre de présences totalisées au patronage. C'est d'ailleurs à partir de onze ans que ma mère mettra fin à toutes ces sorties qui permettaient à l'enfant d'acquérir une expression et une ouverture sur le monde. Elle estimait qu'à cet âge, je devais recevoir une toute autre formation qui me préparerait à la situation de femme-épouse et mère à la fois. Elle condamnait le manque de rigueur dans l'éducation que recevaient les Françaises, qu'elle jugeait trop laxiste. Sa principale tâche consistait à veiller à ce que leur attitude et leur comportement ne déteignent point sur nous. C'était pour cette raison qu'elle tenait tant à nous préserver, à nous isoler de tout contact extérieur, où elle ne reconnaissait aucune valeur sûre, aucun trait d'union permettant la rencontre ou la similitude.

"Inutile de nous voiler, de nous cloîtrer, ma mère, un jour ou l'autre, l'esprit critique viendra, un regard neuf se dessinera, et l'interrogation exigera une réponse que seul le jour, ennemi de l'ombre, formulera."

Pendant les vacances scolaires, tous les enfants du quartier se retrouvaient pour des jeux collectifs. Les grands se mesuraient entre eux, avec les autres enfants du quartier de la Vitarelle. Des bagarres éclataient. Nous, les plus jeunes, nous nous tenions à l'écart, tout en encourageant nos représentants. Nous huions les vaincus, et joyeux et fiers, nous glorifions nos vainqueurs.

J'avais de nouveau vu ma mère malade. Elle était pâle et traînait souvent son ombre chancelante dans les quatre coins de la maison. Une autre forme l'accompagnait au niveau de son ventre. Ses yeux se remirent à broyer de la braise. Sa voix était devenue silencieuse, elle ne chantait plus, ma mère. Elle berçait Sâdi sans l'envelopper de cette cascade magique qu'est la berceuse kabyle, seule une cadence légère et fine comme son bras, remuait le berceau dans lequel l'enfant reposait. Et ma mère pleurait pendant qu'elle nous nourrissait de chaudes galettes beurrées ; quelquefois ses larmes venaient choir sur le beurre, ce qui laissait un arrière-goût salé. Ce goût, je l'ai encore conservé. C'était celui d'un monde déséquilibré, où les gens et les choses sont enchevêtrés d'une manière disharmonieuse, ce qui produit une vie insipide. Cette insipidité est le seul goût commun que connaissent et partagent bien des femmes de notre société. Et c'était dans le cadre de cette incohérence fortement illogique qu'il fallait savoir jongler entre le salé et le sucré. Mais dans notre destin de femme, l'amer et le salé sont étroitement combinés, consommés à fort dosage, si bien que nous ignorons qu'il existe d'autres horizons sucrés.

Je pris peur lorsque ma mère manifesta ses premières douleurs. En estimant le volume de son ventre, je savais que quelque chose d'anormal se préparait. C'était un jeudi matin, nous n'avions pas classe. Le hasard a voulu une fois de plus que cet accouchement se produise en famille. Mes sœurs se tenaient à l'écart, moi j'étais l'assistante la plus proche de ma mère. Lorsqu'elle se mit à pousser, elle se mordit les lèvres jusqu'à faire gicler le sang. J'avais mis de l'eau à chauffer. Soudain l'enfant s'est mis à crier, des cris violents, juste pour manifester sa présence, et nous rassurer sur son état de santé. C'était un garçon maigre et chétif. Ma mère alors s'évanouit de douleur. Mes sœurs se mirent à pleurer, à crier : “maman, maman”. J'ai coupé le cordon du bébé, j'avais alors dix ans et quand j'en parle, ma mère, j'ai si mal que mon ventre tout entier se crispe. J'ai placé un pansement à l'aide d'une bande sur le cordon. J'ai couvert l'enfant hâtivement d'une couverture. J'ai secoué ma mère qui ne voulait point abandonner son sommeil, j'ai alors demandé l'aide de ma sœur Malika pour la traîner jusqu'au lit. Nous nous sommes activées tant bien que mal. Au moment où nous la déposions, elle ouvrit les yeux, émit. Elle éclata en sanglots. “a dderya-w” (mes enfants). Elle embrassa nos petites mains secouristes. Nous la bordâmes.

Elle était toute blanche. Seuls ses grands yeux noirs semblaient perdus dans son visage. Je revins vers l'enfant que je nettoyai hâtivement avec un gant de toilette et de l'eau chaude. Je l'habillai et le déposai enfin dans le berceau. Soudain, ma mère claqua des dents. J'avais beau lui jeter convertures sur couvertures pour lui fabriquer une chaleur confortable, le froid ne voulut point quitter son corps maigre et affaibli. Je lui avais alors proposé du lait chaud qu'elle accepta. J'ai dû l'aider à boire le bol de lait car ses mains étaient privées de force, et ses dents blanches et régulières s'entrechoquaient prêtes à se briser. J'ai alors récupéré l'eau chaude de la cuisinière à charbon dans la bouillote en plastique rouge, et je l'ai glissée sous les épaisses couvertures à la hauteur de ses pieds. Quelques instants après, j'avais senti que son état s'améliorait. Alors j'ai commencé à nettoyer le foin que j'ai jeté dans la poubelle ainsi que le placenta. C'est à ce moment là que ma mère me questionna sur le sexe de l'enfant. Elle ne manifesta aucun intérêt, ni joie particulière à ce que ce soit un garçon. Elle me précisa seulement qu'on l'appellerait Karim. A Midi, quand mon père arriva, et qu'il trouva ma mère alitée, il fut contrarié. Il n'était pas satisfait de la naissance de ce deuxième garçon auquel il ne jeta même pas un regard. Je pensais qu'il allait préparer le repas. Mais, au lieu de cela, il rangea ses affaires dans une valise, ses papiers, j'ai vu aussi qu'il manipulait des billets de banque. Puis il quitta la maison sans nous donner aucune explication. D'après la lenteur de ses gestes, et son silence, ma mère avait compris. Elle me demanda d'appeler alors Arlette. C'est ce que je fis. J'entrais discrètement dans le magasin. Je pense qu'en me découvrant aussi apeurée, Arlette avait saisi l'importance et l'urgence de cet appel et c'est pour cette raison qu'elle m'emboîta le pas et me devança. Lorsqu'elle franchit le seuil, elle se précipita sur le bord du lit où reposait ma mère toute blanche. Celle-ci éclata en sanglots et tomba dans les bras d'Arlette qui ne put retenir ses larmes et sa colère. "Mais ils sont fous, tous des égoïstes, bon sang, mais ce n'est pas vrai, non, c'est impossible !". Ma mère lui avait expliqué en quelques mots la situation. De temps à autre, j'intervenais pour relever les incorrections ou les imprécisions de ma mère qui, dans sa douleur, écorchait la langue française. Puis Arlette se ressaisit, disparut pour réapparaître quelques instants après tenant dans les bras un poulet et des légumes. Elle nous fit cuire une poule au pot. Entre-temps, elle s'était absentée en disant : “je reviens”. A peine le repas terminé, une ambulance s'arrêta devant la maison. Madame Serin, l'assistante sociale que nous connaissions tous dans le quartier, frappa aux carreaux et sans attendre la réponse, entra. De nouveau, les sanglots de ma mère l'accueillirent. Après un moment d'interrogation, Madame Serin me demanda de préparer nos affaires. J'avais tout entassé dans une valise, ne prévoyant qu'un minimum pour chaque enfant. Quant à ma mère, sa garde-robe était si pauvre que le temps n'était ni aux questions ni à l'embarras du choix. Le chauffeur attendait dehors. Madame Serin aida ma mère à quitter le lit soutenue par Arlette. Toutes les deux étaient très douces et très lentes dans leurs gestes. L'assistante sociale déployait presque des gestes maternels. Et ma mère, orpheline depuis si longtemps, appréciait cette chaleur protectrice qui rompait avec sa solitude et sa misère de femme mal aimée. Nous nous sommes tous entassés dans l'ambulance. Ma mère parmi nous tenait Karim dans ses bras. J'ignorais même la destination du voyage, mais j'avais confiance. Nous étions entre de bonnes mains.

Au bout d'une heure de trajet sur une route dont les virages aigus ne cessaient de monter, l'ambulance nous déposa dans de grands espaces où des dames en blouse blanche vinrent nous apporter sourire et accueil. D'un côté, ma mère et Karim étaient emmenés par une équipe, et de l'autre, avec mes trois sœurs et mon frère Sâdi, nous étions conduits par des mains prestes et sûres. Deux bâtiments face à face se trouvaient là, se supportant dans la plus grande indifférence ; seule la cour les séparait. Les femmes en blouse blanche qui nous accompagnaient nous promirent que, dès le lendemain, on nous autoriserait à aller rendre visite à notre mère, et avant de nous quitter, ma mère nous embrassa. Lorsque nous découvrîmes les locaux, nous nous rendîmes vite compte qu'il y avait d'autres enfants dont certains étaient beaucoup plus âgés que nous. C'étaient des adolescents qui s'enivraient de musique rythmée dite "yéyé". Certains dansaient. J'étais surprise par autant d'impudeur, autant de liberté dans leurs mouvements. Ils n'éprouvaient aucune gêne à déplaire aux spectateurs surpris. Ils dansaient sans se soucier même de notre arrivée ou de notre présence. Certains étaient là en famille regroupés entre frères et sœurs. Nous passions nos journées à écouter de la musique que les adolescents voulaient bien arracher au tourne-disque qui, dans un élan de fatigue, laissait passer quelques notes grésillantes. Et les goûts de ces jeunes étaient les nôtres, car personne n'aurait osé les contredire. Non pas qu'il y avait une crainte ou une gêne quelconque, mais nous savions que nous étions tous là pour une période indéterminée, en attendant de trouver une solution au problème posé. Il y avait d'autres jeux, mais nous osions à peine y toucher. Nous étions toujours à l'écart, bien regroupés, comme un essaim.

Le dortoir était grand. On y contenait une dizaine d'enfants. Quelquefois un enfant en bas âge venait nous réveiller par ses cris nocturnes. Le matin vers six heures, des mains nerveuses venaient nous sortir du lit, pour nous guider vers le bac à douche, où elles se défoulaient énergiquement en frottant nos corps chétifs. Quand tous les enfants étaient lavés et habillés, on se rendait alors au réfectoire, où du lait chaud nous attendait dans des pichets en inox posés au milieu des tables. Des bols en verre étaient entassés. Tous assis autour des tables, des bols circulaient de main à main, s'arrêtaient devant chaque enfant vacillant encore de sommeil. Les tartines de pain beurrées s'élevaient en une montagne impressionnante devant des jeunes adolescents, qui ne se voyaient rassasiés qu'après la consommation de deux ou trois bols de lait chocolaté. Mes sœurs et moi, les regardions, effarées devant une telle aisance, un tel sans-gêne. Je m'occupais de distribuer les tartines à ce petit groupe dont j'étais responsable à la place de ma mère. Je devais jouer le rôle de leur seconde maman, la mansuétude devait être ma première qualité. Jamais nous ne nous sommes intégrés aux différents groupes qui s'étaient formés, la crainte nous obligeait à nous recroqueviller davantage sur nous-mêmes. Jamais l'un d'entre nous n'avait eu l'idée ou éprouvé l'envie de se séparer, de s'éloigner du cercle que nous avions formé. Même à table, nous mangions avec beaucoup de retenue, de crainte qu'on ne nous reproche notre avidité. Au petit déjeuner, nous n'avalions pas plus de deux tartines chacun. Aux repas, inutile de penser que l'on pouvait se servir une deuxième fois. La purée faisait quelquefois déclencher des bagarres. Il n'y en avait jamais assez et nous assistions surprises, à ce spectacle, intriguées par le comportement de ces prédateurs toujours affamés, prêts à tout pour s'arracher une ration supplémentaire.

Après le déjeuner, c'était la sieste pour les plus jeunes. Mon frère Sâdi âgé à peine de deux ans en bénéficiait. Dès son réveil, nous partions tous ensemble rendre visite à ma mère. Pour cela, il fallait traverser un long couloir souterrain où les courants d'air et le froid nous saisissaient jusqu'aux racines. Il nous arrivait de croiser d'autres blouses blanches qui accompagnaient des malades invalides sur des chaises roulantes. Ils étaient chaudement habillés. Alors que nous, le froid nous pliait en deux, et que le vent fort nous obligeait à nous accrocher aux murs de crépi. Mais quelle que soit la force du vent, nous ne faisions qu'un dans ce groupe uni par les liens familiaux et la solitude. Lorsque nous empruntions enfin les escaliers, une autre température plus hospitalière nous accueillait. Un long couloir desservait des chambres. Celle qu'occupait ma mère était la deuxième à gauche. Je frappais timidement, attendais quelques instants et j'ouvrais enfin la porte. Dans la chambre, il y avait deux lits, dont l'un était occupé par une mère célibataire qui répondait au nom de Jacqueline. Il y avait aussi deux berceaux. Nous nous asseyions à deux sur la chaise qui se trouvait près de ma mère, et les trois autres sur le lit. Elle nous embrassait tous, son regard humide prévoyait un torrent de larmes qu'elle maîtrisait tant bien que mal. Elle s'assurait que nous mangions bien, que personne ne nous disputait. Elle avait appris par le personnel que nous étions des enfants exemplaires. Elle nous félicita et exigea de moi que je continue à veiller sérieusement sur mes sœurs et Sâdi. Nous étions silencieux, osant à peine bouger de nos places. De temps à autre dans le couloir, on entendait un bruit de pas non contrôlé suivi de quelques ordres lancés entre deux portes par une voix forte. Le téléphone aussi se faisait entendre puisqu'il faisait partie intégrante de l'équipe médicale. J'avais constaté que pour la première fois ma mère ne nourrissait pas son enfant. Une infirmière est entrée avec deux biberons qu'elle tendit aux deux mamans. Karim vida son biberon sans manifester le moindre plaisir. Il ouvrit un moment des yeux interrogateurs sur nous. Nous bûmes chacun de ses gestes, car il devenait notre seul centre d'intérêt. Après avoir éructé, il dégurgita un peu de lait que la main attentionnée et prévenante de ma mère essuya à l'aide du bavoir disposé tout près d'elle. Elle le déposa alors doucement dans son berceau. De temps à autre elle embrassait Sâdi qu'elle serrait contre sa poitrine. "ay weqt a-t uɣaled d-argaz ?" (quand deviendras-tu un homme ?). Elle semblait porter tous ses espoirs sur lui. Il représentait le Messie. Le seul homme qui pouvait encore la sauver, la guider, c'était ce fils dans lequel elle investissait toute sa foi. Vers seize heures, nous quittâmes ma mère pour aller goûter dans les locaux qui nous étaient réservés. Nous n'appréciions pas la pâte de fruit, alors nous nous contentions d'une tranche de pain. Pendant quinze jours, nous avons suivi ce fonctionnement où tout était réglementé et hiérarchisé. Au bout du seizième jour, nous apprîmes que mon père était de retour et qu'il désirait nous récupérer. J'avais pensé qu'il s'agissait d'une plansanterie. Jusqu'au jour où poussant la porte d'entrée de la chambre, je vis une ombre qui m'était familière se tenir au chevet de ma mère. Surprises après quelques secondes d'hésitation, nous nous sommes avancées, et je me suis rendue compte que mon père pleurait. Ses larmes ne me touchaient point. Je n'avais même pas compris le motif de son débit d'hypocrisie. Il nous offrit des bonbons. Malika et moi les avions refusés, seuls Sâdi, Fadéla et Fatima se sont servis. De retour au réfectoire, on nous annonça que demain nous quitterions les lieux, et pour cela, je devais préparer nos affaires. J'aurais voulu supplier pour que l'on nous garde davantage, car là, nous étions en sécurité. Là, nous étions respectés dans la mesure où nous savions à notre tour faire preuve de sociabilité et mon cœur se mit à battre si fort que mes tempes faillirent éclater. Le lendemain matin, je n'ai pas pu déjeuner. L'angoisse empêchait toute descente de bouchées de pain. Alors je suis partie le ventre vide. Ma mère était prête aussi, tenant dans ses bras Karim. Après avoir adressé nos adieux au personnel qui regrettait notre départ, nous empruntâmes un long couloir qui aboutissait à des marches extérieures. Un autre chauffeur nous attendait. Nous prîmes place tous derrière, et mon père, le joyeux caïd, s'installa pompeusement devant. De temps à autre, en père éducateur et responsable, il lançait en se retournant des "ça va ?" hypocrites. Pauvre imbécile, pendant une quinzaine de jours, tu nous as ignorés, et voilà maintenant que tu viens fanfaronner devant les étrangers. Il y avait longtemps que je rêvais de supprimer ce père imposteur, mais je n'avais pas encore trouvé les moyens. Un jour, il faudra pourtant que je m'applique à trouver une solution.

Lorsque le taxi nous déposa au 16 rue de Montmira, Arlette se précipita vers nous et nous couvrit de baisers. L'étreinte fut plus longue entre elle et ma mère et cette dernière céda à quelques larmes. Dès l'entrée dans la maison froide, mon père se précipita vers la cuisinière, eut juste le temps d'ôter son manteau. Il déchira quelques vieux journaux qu'il plaça dans le foyer, y déposa des brindilles de bois, craqua une allumette et surveilla attentivement le développement du feu, et lorsque celui-ci se déclara plus franchement, il ajouta une pelle de charbon. Petit à petit, la maison retrouva un bain de tiédeur qui nous était familier. Mon père était tout excité, il voulait tout faire à la fois comme pour rattraper ce temps perdu qu'il avait consacré à des broutilles, alors qu'il avait volontairement négligé ses devoirs et obligations les plus élémentaires. Il prit le panier à provisions et se dirigea vers Arlette. Il ramena du lait, du beurre, des fruits et des légumes. Puis dans un nouvel élan, se précipita à la boulangerie, ramena un pain. Nous ne prêtions aucune attention à cet excès de parternalisme mal placé. L'erreur commise était impardonnable. Et de toute façon, pourquoi te pardonner, toi, le père indigne, sachant que demain, tu accumuleras les mêmes erreurs, que demain nous verserons les mêmes larmes et nous connaîtrons les mêmes difficultés à vivre, avec les mêmes carences. Non, mon père, je ne te pardonnerai jamais, même si la terre devait cesser de tourner, même si les étoiles devaient pleurer, même si le soleil devait mourir. Je ne te pardonnerai point car mon cœur est un registre fidèle qui a tout imprimé dans l'espace et dans le temps. Ogre sans pitié, tu m'as fauchée comme le blé tendre qui ne demande qu'à pousser. Je suis devenue femme avant d'avoir été enfant. Et je suis déjà morte avant d'avoir vécu. Mais pourras-tu comprendre ma colère et ma haine, toi qui as fait de moi une révoltée sans limite, et une orpheline de l'espoir ?

'Les voisins les plus proches venaient frapper aux carreaux, demander des nouvelles de la parturiente et du bébé. Ils repartaient rassurés en nous promettant de revenir une prochaine fois. Durant toute notre absence, les langues s'étaient déliées sur le sort de ces étrangers. Le lendemain à l'école, j'ai été informée de quelques ragots qui étaient en circulation : "Alors interrogea Françoise, votre père vous a abandonnés ? Vous avez été à l'orphelinat ?". Fière depuis toujours, j'ai trouvé le temps de sauver les apparences et de semer le doute sur les jugements les plus crédibles et les plus fixes. "Mais pas du tout, nous avons été tous malades, et hospitalisés en même temps !" La sincérité de ma voix, dont j'avais forcé le timbre, déconcerta Françoise, et ses petites camarades repartirent dans leur coin confronter à huis-clos ma réponse avec les informations qu'elles avaient saisies au vol auprès d'adultes bavards et curieux. Mais je me doutais bien que madame Serin avait informé la directrice de l'école qui répercuta ma situation auprès de mon institutrice. Et les enfants sont toujours présents pour saisir quelques miettes de conversation qu'ils pouvaient toujours exploiter à toutes fins utiles. J'avais beaucoup de travail scolaire à récupérer. Madame Cellier s'apitoya sur mon sort et elle décida de m'apporter son concours. Devant cette montagne de leçons à apprendre, sciences, géographie, histoire, poésie, je ne cessais à chaque ligne de maudire mon père inconscient, qui aggravait mes difficultés et diminuait mes chances dans la vie scolaire. Le soir, après les exercices scolaires, j'avais hâte de regagner ma chambre que je partageais avec Malika. Dès que la porte était fermée, je saisissais sous le lit le livre inachevé et le lisais ainsi jusqu'à une heure avancée de la nuit. Je dévorais les pages de Hugo aux images pleines de sensibilité, Zola, le grand observateur de la société en pleine mutation, et enfin Camus, Sartre. Un peu plus tard, quelques auteurs algériens viendront épicer mes nourritures nocturnes. Ma sœur se plaignait auprès de ma mère de la lumière et après plusieurs sommations auxquelles je n'ai voulu accorder aucun intérêt, ma mère vînt elle-même, à partir de vingt-deux heures retirer les fusibles du compteur qui alimentait la distribution électrique de ma chambre. Il m'était impossible de me priver de lecture car cela était vital pour moi, au même titre que l'oxygène pour maintenir toute forme de vie. J'ai donc trouvé une solution. Ma mère a toujours eu une confiance aveugle en moi. J'avais profité de cette confiance pour soustraire quelques pièces au maigre porte-monnaie afin de m'acheter une lampe de poche et prévoir les recharges utiles. Pardonne-moi, ma mère, mais me priver d'une telle nourriture, si nécessaire avant tout à l'esprit aurait été ressenti et vécu comme une condamnation. Cette lecture-là était mon refuge, mon oasis. J'avais besoin de comprendre, et j'ai trouvé en ces livres un guide. Bien sûr, toutes les questions n'ont pas été solutionnées par les auteurs qui ont abreuvé mon enfance, mais ils m'ont permis d'interroger chaque évènement, de forger toute ma personnalité, et de faire de mon esprit un siège aiguisé par l'observation permanente et une réflexion pertinente. Je ne désirais absolument pas que ma sœur aille geindre de nouveau auprès de ma mère. Pour dissimuler le faisceau de la lampe, je lisais sous l'épaisse literie. Ainsi pendant des années, j'ai usé de ce subterfuge pour assurer ma survie. Car où hurler sa colère, où pleurer son désarroi dans ce désert sauvage et sans pitié dans lequel un enfant n'avait aucune place, aucune reconnaissance pour s'exprimer, pour dénoncer ou questionner. Cet enfant que j'étais, qui aurait pu entendre son hurlement, sa déchirure ? Qui pouvait comprendre et qui pouvait partager mes larmes de sang, et retenir mon fiel ?

J'ai puisé ma force d'aujourd'hui dans ces lignes couchées, tachetées de noir qui ont longtemps été mes compagnes les plus fidèles, elles ont réveillé des soupçons et indexé le doute, et plus tard elles me coûteront une brouille historique avec mes proches, trop amers et aveugles pour admettre que le mot liberté puisse se conjuguer avec féminité.

X
L'ESPOIR

A l'école, j'ai toujours occupé la première place en français, histoire et géographie. Pourtant, on me causait quelques difficultés pour entrer au collège. Une institutrice estimait que j'étais immature et qu'il valait mieux m'orienter vers un cycle court, qui, au bout de trois ans, aurait débouché sur la vie active. Mais moi, je ne cessais de soutenir ce vœu puissant qui était celui d'enseigner le français. Devant cette obstination, je rencontrais des sourires pincés. Mais pour rien au monde, je n'aurais abdiqué. J'avais une volonté à soulever des montagnes. La quantité de travail à produire ne m'avait jamais impressionnée, seul le produit final m'encourageait à m'investir avec une énergie que j'étais prête à fournir à n'importe quel prix, même au risque de perdre ma santé. J'avais précisé à la directrice "de toute façon, j'y arriverai", c'était la première fois que je rencontrais et soutenais son regard. Je savais que l'enjeu était important, que je n'avais rien à perdre. Les mauvaises notes en mathématiques ne devaient pas faire ombrage à celles, excellentes, obtenues en lettres. Je suis enfin entrée au collège, et on n'a pas omis de me préciser qu'il s'agissait là d'une faveur qu'on m'accordait, et que sans vouloir me décourager, je courais à ma perte.

S'il vous plaît, ne me condamnez pas trop vite, laissez-moi, ne m'enfermez pas dans des dossiers stéréotypés qui barrent tout horizon, et rendent l'avenir incertain à tout enfant qui n'a ni père, ni mère qui viendraient plaider en sa faveur. Je sais que votre pouvoir est grand et dangereux ; combien d'individus avez-vous cassés par votre trop-plein d'assurance ? Pourquoi cette profonde certitude à détenir la vérité ? Pourquoi vouloir décider à notre place de notre avenir ? N'est-ce pas un crime ? Et votre arbitrage aléatoire ? Justice de classe, orientation scolaire de classe, mais jusqu'où irez-vous ? Jusqu'au Bon Dieu ?

J'avais accepté de jouer le pari, celui d'être la meilleure et de m'accaparer tous les prix au nez des petites filles de bourgeois indignées. Et pour cela j'étais prête à donner ma vie. Je voulais obtenir gain de cause et prouver combien chaque jour leurs erreurs se multipliaient. J'avais compris aussi depuis longtemps que mon seul passeport pour la survie et la liberté se trouvait dans mes études. Etudes qui m'auraient assuré le pouvoir et la sécurité. Le pouvoir de m'imposer dans la vie professionnelle ou familiale, et la sécurité enfin qui m'aurait abritée de carences diverses. Deux garanties que je tenais à accaparer par le biais des études que je projetais de poursuivre coûte que coûte.

Depuis le collège, j'avais pour ami, Bernard, un jeune Roumain. Nous nous étions liés d'une longue amitié. Nous nous perdrons de vue après la terminale. Bernard était un vrai génie. Il remportait successivement les prix de français, philosophie et histoire. Notre assiduité, notre ambition nous rapprochaient. Nous partagions les mêmes lectures ; lui s'aventurait souvent dans des formules qu'il jugeait esthétiques, qu'il allongeait, étirait sur la feuille blanche. Son avenir, il l'avait tracé, bien déterminé. Après réflexion, il disait : "Plus tard, je ferai l'ENA ou Polytechnique. Je convoite un poste de ministre. Tu seras mon bras droit. Tu assureras la direction de l'équipe, tu rédigeras mes discours, et tu seras mon conseiller." Nous éclations de rire, chaque fois qu'il laissait échapper son rêve. Mais au fond de lui-même, Bernard ne riait pas. Derrière ses lunettes rondes, ses cheveux coupés court, et ses ongles propres, il se voyait déjà installé derrière un bureau de ministre. Bernard était la seule personne avec laquelle je me sentais en confiance. Nous avons toujours beaucoup dialogué, nous échangions nos opinions politiques, commentions les évènements les plus importants. Toute cette relation nous a rapproché l'un de l'autre.

Dans tout le bassin houiller, des rumeurs et des inquiétudes circulaient. Derrière ces rumeurs, le visage de l'angoisse apparaissait. La fermeture de la mine semblait programmée à court terme. Toutes les familles commencèrent à trembler devant l'incertitude de leur avenir. "De Gaulle ne peut pas nous faire ça", criaient les ouvriers autour d'une table de café. Mais lentement l'incertitude devint certitude.

Les ouvriers organisèrent une gigantesque manifestation qui se déroula de la Place Decaze jusqu'au cimetière de la ville. Leur nombre était impressionnant, tous dans leur tenue de mineur avec la lampe au front. Certains avaient encore le visage noirci par le charbon. Tous étaient fermement décidés à se battre. Un des organisateurs parlait fort dans un haut-parleur, il s'adressait non seulement aux mineurs, mais aux badauds qu'il s'efforçait aussi de convaincre en les invitant à la lutte. Malgré les traces de charbon sur le visage, les mineurs étaient beaux.

Ces hommes s'étaient levés pour défendre leur droit, pour dénoncer, refuser sans aucune crainte. Et mon cœur débordait de sympathie pour cette masse ouvrière en révolution. Dans mon for intérieur, je les acclamais et les applaudissais très fort. Mais leurs revendications tournèrent à l'échec. Alors ils décidèrent de répliquer d'une manière plus sauvage. Ils occupèrent la mine pendant plusieurs semaines. Une camionnette passait à une heure régulière dans le quartier pour ramasser les paniers contenant les repas des mineurs que leurs épouses avaient préparés. Toute cette période militante et houleuse est largement inscrite dans la mémoire des Decazevillois. Puis tout à coup ce fut l'exode. Car il fallait bien se rendre à l'évidence. La mine fermait ses portes et les ouvriers, pleins d'amertume, faisaient leurs baluchons. Beaucoup sont partis s'installer dans la région parisienne, d'autres se sont recyclés. Pour le bassin decazevillois, le déclin ne faisait que commencer. Car la houille représentait un secteur d'activité important. Aujourd'hui, les entrailles de la mine dorment paresseusement et la ville est déclarée morte.

Les gens ont déserté, enveloppés encore de cette odeur de charbon qui obscurcissait le ciel et vous écorchait la gorge.

Il y a bien longtemps que je tenais en secret un journal, où toutes les vérités et les colères ainsi que les interrogations du moment étaient enregistrées. Malheureusement, il émergea du fond du carton par la main coléreuse de ma sœur. "Que vas-tu en faire ? Cette bêtise ne s'affiche pas, surtout pas la nôtre. C'est un monde trop fou. Personne ne sera jamais assez crédule devant de tels excès qui dépassent les limites de l'imagination. Pourquoi tu écris ? Quelle place tu réserves à ce journal ? Le lire là-bas avec toute cette folie, cette haine, cette indécence, ces maladresses. Très vite, tu seras lapidée. Et ici, qui voudra t'accorder une place ? Personne – Car la convention ne le prévoit pas, les mentalités ne s'y prêtent pas, trop rétrogrades, trop conservatrices. Lorsqu'un Arabe se lève, hurle, on ne l'entend pas. Il y a des cris trop profonds, trop vrais, trop gênants, alors la censure intervient pour aspirer le tout y compris le doute. Je sais que nous avons vécu dans un monde fou, certes, mais qui peut le changer. Il y eut des victimes et il y aura toujours des victimes. Les coupables continueront de bénéficier de la libre circulation. Ils auront le feu vert pour toutes les réalisations de leurs projets. Et les plaies continueront de s'ouvrir sans aucun espoir de guérison. Que veux-tu changer ? Tu es une aiguille dans une botte de foin. Chaque fois, ta situation de femme et ta culture te cloisonneront chaque jour davantage pour te canaliser dans l'impossible choix. Tu ne pourras que constater, privée toujours de ta voix, de ta force, car tu es et tu seras momifiée. Alors abandonne, de grâce, inutile de te lancer dans une guerre sans fin, où la victoire n'existe pas. Ils sont si puissants et si bien organisés que de toi ils ne feront qu'une bouchée. Ne leur donne pas satisfaction, ne leur procure pas jouissance. Il faut savoir attendre et accepter. L'heure n'est point au combat inutile, mais à la réflexion et à la sagesse".

D'un geste rageur, elle déchira en plusieurs morceaux les feuillets écrits à l'encre qu'elle jeta dans la poubelle parmi les déchets de la cuisine. Et mon cœur sursauta. J'avais du mal à me détacher de ces feuilles avec lesquelles je prenais souvent des rendez-vous nocturnes. Nous étions devenues complices. Elles partageaient même mes larmes qu'elles buvaient en silence pour me consoler. Je rassemblais mes forces et mes esprits pour répliquer à Malika qui avait conservé encore quelques gestes nerveux. "Tu te trompes. J'écris parce que cela m'est nécessaire, vital. L'écriture m'aide à progresser, à mieux voir les êtres et les choses qui m'entourent, à mieux comprendre ma route. L'écriture est un miroir qui reflète les moindres replis du quotidien. Elle interpelle sans répit le "je", la première personne du singulier. C'est un continuel jeu de construction d'où l'on sort mûri. Après chaque tentative, on est plus ou moins meurtri, selon l'usage du mot, l'intensité des maux, mais la personnalité est chaque fois plus forte et plus riche. J'écris aussi pour dire que j'existe, que je ne suis pas dupe, que je refuse l'arbitraire. Je le dis avec toute ma sincérité, ma féminité. Je refuse de me taire, de me soumettre. Je veux crier tout fort ce que nos mères et les mères de nos mères ont toléré tout bas. Je refuse d'être un jouet entre leurs mains. J'ai mon identité. J'ai le droit de vivre, d'étudier, d'écrire et d'aimer comme bon me semble. L'heure n'est pas à l'attente, mais à l'action. Une forte unité s'impose pour balayer tous leurs textes de lois incohérents et leurs traditions stupides ne me désarmeront pas. Je sais que le prix de ma liberté sera lourd, mais j'accepte le montant de la dîme, car déranger les traditions et vouloir remettre en cause leur existence relève du blasphème et peut m'imposer l'exil. Je sais tout cela. J'en prends acte, avec toute mon irresponsabilité, ma solitude et mon désarroi. Je refuse aussi d'être un pantin que l'on manipule au gré des humeurs, des injustices, des pressions sous toutes leurs formes, qui sont des tortures indélébiles. Je veux vivre avec mes idées et dans mon corps de femme. Et au nom de toutes ces raisons, tant qu'il y aura du souffle en moi, je me battrai."

Désespérée par tant de ténacité et de vigueur, ma sœur haussa les épaules et claqua la porte. Le soir, j'ai repris rendez-vous avec mes feuilles qui attendaient de moi bien des confidences et étaient les seules à capter toutes mes impulsions. Nous formions un couple uni où la nudité de l'une complétait celle de l'autre d'une manière harmonieuse.

Au lycée, l'année scolaire se terminait. Les vacances approchaient. Depuis longtemps, ma mère formulait le vœu de partir en Algérie pendant les vacances. Il y avait déjà plus d'une dizaine d'années qu'elle était coupée des siens. Elle a exprimé à mon père dans un éclat de sanglots toute sa nostalgie. Il lui fallait repartir parmi les siens, retrouver les odeurs de ce pays accroché à son cœur, et qu'elle n'avait pu oublier. Un samedi, mon père s'était préoccupé d'un éventuel départ auprès d'une agence de voyage. Après que les réservations aient été faites, ma mère retrouva un peu d'espoir. Le voyage s'avérait très onéreux pour une famille composée de huit personnes. D'autant plus que nous ne devions pas rentrer les mains vides. On commençait alors à entasser dans les valises des coupons de tissus, des foulards, du parfum, des savonnettes, de la lingerie féminine, des serviettes de toilette, et des lames de rasoir que l'on savait rares. Nous nous sommes réveillés au début de l'après-midi à Marseille. A la gare Saint-Charles, nous avions pris un taxi qui nous avait déposés devant l'immense hall encombré de valises ficelées, de cartons lézardés. Une voix dans le haut-parleur nous signifia qu'il fallait commencer à avancer vers l'aire d'embarquement. Ce qui nous surprit le plus, c'était toute cette foule colorée. Il y avait des hommes et des femmes, des femmes qui habitaient Marseille et qui n'avaient jamais quitté leur tenue folklorique. Affublées de leur gandoura et enveloppées de leurs foulards, elles prenaient place dans la file des vacanciers. L'imprimé de leur robe jurait avec le fond sombre du hall. Quelques vieux, au visage biblique, se tenaient droit dans leur large seroual, la tête enfouie dans un énorme turban. Le paquebot "El-Djazaïr" nous laissa quelque mauvais souvenirs. Nous nous sommes installés dans un désordre anarchique. Et pour nous éviter de nous perdre dans cette foule humaine, nous nous tenions bien fort, tous agglutinés autour de ma mère. Un marin distribuait des chaises longues puisque nous avions réservé en classe économique. Il était difficile de dormir sur ces chaises. Heureusement, ma mère, très prévoyante, jeta une couverture par terre. Les plus petits s'allongèrent et s'installèrent dans un sommeil en pointillé, sans cesse réveillés par une mer houleuse. Les chaises dégringolèrent, les cris s'ajoutèrent au grondement de la mer, et chacun vomissait dans son coin. Une odeur fétide empestait la salle ; les plus courageux tentèrent de parvenir sur le pont pour happer quelques bouffées d'air marin qui auraient ôté tout goût de nausée.

Au petit matin, le calme était revenu. Chacun cherchant à récupérer les forces dépensées dans les moments difficiles. Nous avions avalé nos sandwichs sur le pont. Le regard perçant des hommes me gênait beaucoup et j'en oubliais même le procédé de la mastication. Tout dans leur regard me faisait comprendre que je faisais partie du deuxième sexe.

Il y avait un homme qui m'avait beaucoup marquée au cours du voyage. Il était jeune, de type kabyle ; il avait ôté la montre de son bras pour oublier le temps, car, disait-il, "il y a plus de dix ans que je n'ai pas revu le pays", et il exprimait la hâte de voir la côte algéroise. Son regard est soudain devenu vitreux. Mais c'est un homme, et il a su se contenir. Dès que le port et les maisons blanches furent en vue, ma mère commença à pleurer "tamurt nneγ" (notre pays). D'autres mères de famille partageaient cette émotion.

Lorsque nous débarquâmes dans un désordre incroyable, bien que les femmes et les enfants fussent prioritaires à la descente, nous poussâmes un soupir de soulagement en apercevant mon oncle Méziane. Il nous facilita bien des démarches. Nous prîmes un taxi pour la rue Courbet à Alger, quartier qu'il habitait, où nous avons été accueillis par une tante que nous ne connaissions pas car mon oncle s'était remarié après l'indépendance. Nous nous sommes dégagés de nos mauvaises odeurs en prenant une douche, puis attablés devant des plats kabyles, nous nous sommes rafraichis le palais avec une salade de concombres, tomates, poivrons. La "chorba" et "aγrum" (pain) calèrent nos estomacs creux. Le goût de la pastèque essuya nos lèvres. Une fois la panse bien pleine, nous fûmes gagnés par le sommeil. Car cela est bien connu, chez nous, le sommeil flirte toujours avec une panse bien pleine. Ma tante étala par terre des peaux de mouton, des couvertures, et on ne s'est pas fait prier pour se jeter comme des masses à même le sol. Entretemps, ma mère et ma tante ne laissèrent pas chômer leur langue. Leurs bavardages continuèrent pendant notre sommeil. Elles échangèrent les anciennes nouvelles et les rumeurs récentes. Les mariages, les naissances, les décès furent tour à tour évoqués avec des noms prononcés pour chaque thème. Nous sommes restés deux ou trois jours confinés dans un appartement exigu où il n'était même pas question de sortir, de crainte de s'égarer dans ce pays qui nous était étranger. Mon père jouait au touriste, guidé par mon oncle qui connaissait tous les recoins d'Alger. Il assistait à des soirées, traînant dans des cafés où des chanteurs populaires, qui étaient des relations à mon oncle, venaient gratter leur guitare et inonder la salle de leur voix gutturale. Méziane apprit à sa sœur qu'à El Mouradia, cité des jasmins, habitait leur tante, avec son fils Madjid et toute sa famille. Ma mère manifesta le désir de rendre visite à sa famille.

Les femmes tombèrent dans les bras l'une de l'autre, des baisers infinis retentissaient. Je ne connaissais personne. De toute manière, inutile d'interroger ma mémoire, puisque je n'ai jamais eu connaissance de toutes ces têtes. Madjid avait épousé sa cousine Malika, une femme très belle et j'avais toujours pensé que ce cadre familial la diminuait. Elle avait une peau très blanche, de longs cheveux noirs, elle était grande et élégante. De grands yeux noirs en amande sculptés. Un sourire était toujours accroché sur ses lèvres, protégée par Madjid qui l'aimait follement. Nous sommes unanimes aujourd'hui pour affirmer que Malika possède le maintien, la grâce et la finesse d'une actrice de cinéma. D'ailleurs, nous le lui avons avoué, et elle reçut ce compliment avec un grand éclat de rire. Ce qui ajoutait une touche de clarté à sa beauté, c'est sa simplicité. J'ai gardé un très bon souvenir de Malika que je reverrai quelques années plus tard.

Là aussi, de nouvelles informations furent échangées sur la famille, car tante Aïcha se déplaçait assez souvent à Bougie et dans ses retours de navettes, elle recueillait tous les changements subis par les membres de la très nombreuses famille, qu'elle ventilait ensuite auprès des intéressés à Alger, à l'occasion, d'une invitation ou d'une simple tasse de café qui était le prétexte idéal pour que la langue se délie davantage. Pendant longtemps, jusqu'à aujourd'hui, tante Aïcha a servi de trait d'union entre les familles de Bougie et d'Alger. Elle est beaucoup plus fiable que le courrier auquel il arrive de s'égarer en route et de ne jamais atteindre la destination souhaitée.

Heureusement, il y avait des adolescents de notre âge, des cousins et des cousines, avec lesquels nous nous sommes tout de suite liés. Saléha, qui avait mon âge, avait stoppé sa scolarité. Elle m'expliquait que ses frères ne voyaient pas l'utilité d'une longue scolarité pour une fille. Devant mon effarement, elle précisa que l'école était vraiment une contrainte. Elle préférait rester à la maison, aider sa belle-sœur Malika à élever sa nombreuse famille. J'avais beau la persuader du contraire, celle-ci répondait : "de toute façon c'est trop tard". J'ai vite été désarmée devant une telle passivité et j'ai préféré orienter nos conversations vers d'autres thèmes. J'ai goûté l'art culinaire de tante Aïcha et de Malika qui nous ont émerveillés par ce savoir-faire qui vous laisse encore l'eau à la bouche. A leur grande surprise, j'ai essayé quelques recettes kabyles. Car c'est tout un savoir-faire que de cuire l'oignon et la tomate, sans brûler la sauce, de mesurer le moment précis où il faudra retirer le tout du feu, pour jeter un hachis de coriandre. Mes tantes pensaient que nous avions oublié tous ces gestes. Vous vous trompez, femmes naïves, j'ai été nourrie de ces goûts kabyles que ma mémoire ne peut censurer, et qui, en France représentent un parfum de fraîcheur de ce passé révolu qui ne se refuse point de mourir et qui se conjugue toujours au présent surtout dans l'exil.

Au bout de quelques jours d'enfermement, un taxi nous conduisit à la gare d'Alger en direction d'El-Kseur. Un ami de la famille possédant une voiture qui semblait être un produit de luxe est venu nous récupérer à la gare pour nous conduire jusqu'à Boukhalfa, village que nous avons quitté pendant la guerre. La nuit était vite tombée, malgré l'heure non tardive. Tout le monde était là, à nous attendre devant la porte. Mes oncles, mes tantes, mes cousins et cousines. J'ai reconnu les cris de tante Sahra qui se jeta contre la poitrine de ma mère en pleurant "a nana, a nana". Les pièces étaient éclairées avec des lampes à pétrole. Il y avait aussi des bougies parsemées ici et là, soit sur des niches, soit sur un coin d'étagère.

Je découvris la nichée d'enfants de mon oncle Mohammed, des têtes rousses et bouclées. Je revis Mokhtar que je n'avais pas reconnu car il avait quitté son corps d'enfant pour un corps d'homme. Il était très grand et très fort. Il était reçu au baccalauréat au lycée de Bougie, et devait pour la rentrée, occuper un poste d'instituteur à Sidi-Aïch. L'oracle s'était bien réalisé après une deuxième génération. Et pour cela, toute la famille offrit "lwâada" (offrande) à la mosquée. Le lendemain matin, je pris connaissance des lieux qui m'ont vue grandir. J'avais gardé un autre souvenir, le patio me semblait être plus grand et plus espacé, malheureusement mes yeux d'enfant m'avaient trompée. Ma mère commença la distribution des cadeaux. Finalement, ils étaient insuffisants. D'autres familles étaient nées et il a fallu sur place débourser pour de nouveaux achats pour éteindre toutes jalousies ou vétilles qui auraient pu laisser des traces désagréables durant notre séjour.

Pour tous les commerçants du village, nous étions des "émigrés", des vacanciers, des touristes au capital intéressant qu'il fallait vite dépouiller en haussant les prix. La mentalité des autres personnes n'était guère différente. Ils s'imaginaient qu'en France la vie d'"émigré" est une vie de luxe, où il suffit de tendre la main pour se servir. Inutile de leur expliquer que la vie est tout autre, que les difficultés financières et matérielles ne nous épargnent point. Non, car pour eux, nous sommes avant tout une race à part, ne connaissant que des privilèges. Dans le village, nous n'étions plus interpellés par nos noms patronymiques, il y avait toujours cette référence à notre situation sociale et économique. Cette étiquette d'émigré autrement dit d'étrangers, semblait indélébile dans le temps.

Dans ce petit village où les traditions sont demeurées intactes, il ne fallait pas songer à mettre le nez dehors. Pour tous les déplacements chez la famille, ma mère se voilait. Et mon oncle Arezki, respectueux des traditions les plus ancestrales, me suggéra le port du voile. J'avais à peine quatorze ans. A cet âge là, les jeunes filles sont déclarées femmes. Je tournais mon regard vers ma mère comme un appel au secours. Celle-ci fit remarquer que j'étais bien trop jeune et que de toute manière je n'étais que de passage. Mes sorties inopinées et discrètes ne gêneraient personne. Par contre, il me demanda de m'initier aux travaux d'intérieur. Je devais apprendre à rouler le couscous. J'ignorais le pourquoi de toutes ces directives bien attentionnées. Et c'est bien plus tard que je compris. Il y avait toujours des vieilles marieuses en quête de jeunes filles pour le fils untel. Mes parents déclinèrent beaucoup de demandes pour ma sœur et moi qui tremblions chaque fois que des représentants de prétendants se faisaient connaître. Nous vivions dans la crainte que mon père accepte une de leurs offres. Lorsque l'heure du départ approcha, mon oncle Arezki renouvela sa proposition à ma mère. J'étais la promise, donc la future femme de Mokhtar. Arezki désirait pour plus d'assurance célébrer les fiançailles avant notre départ. Ma mère très habile prétexta ma jeunesse, une fois de plus, et mes études inachevées. Elle rassura son frère en lui affirmant que dès que j'aurais terminé ma scolarité au collège, le mariage serait célébré. Toute la nuit je n'ai pu fermer l'œil. Je savais Mokhtar trop veule, laissant toutes prérogatives à son père. Je savais aussi que ce n'était pas le fils que j'aurais épousé, mais le père qui dirige tout son monde comme un chef d'orchestre. Toutes ses décisions étaient irrévocables car elles émanaient toutes du patriarche et, bonnes ou mauvaises, il fallait toutes les accepter. Si vous connaissiez, hommes de ma tribu, cette sensation de froid qui vous glace tout le corps, ces picotements qui augmentent votre rythme cardiaque et vous font battre les tempes, si vous écoutiez cette angoisse dans laquelle nous vivons perpétuellement, vous éviteriez bien des douleurs et des morts amères. Devant l'insistance d'Arezki, je n'ai éprouvé que de la haine envers cet homme qui voulait me mettre le pied à l'étrier. Alors que j'avais d'autres projets, d'autres ambitions. J'avais une soif terrible de vivre, d'apprendre, de découvrir tous ces horizons que l'on me fermait à double tour.

Au fur et à mesure que l'heure du départ approchait, les têtes des femmes se faisaient plus basses, leurs yeux plus larmoyants. Le départ fut déchirant. Tous ces visages chers, inondés d'eau salée sur lesquels nous déposions nos derniers baisers ! De nouveau, nous prîmes le train jusqu'à Alger, puis ce fut encore l'entassement de chair humaine dans le bateau. Marseille nous reçut enfin, encore moins accueillante qu'Alger, mais nous nous y sentions chez nous car nous connaissions bien la structure, le fonctionnement, le code, la langue. Nous sommes arrivés à Decazeville après trois changements de correspondance. Nous étions morts de fatigue, amaigris par les grosses chaleurs que nous ne connaissions pas jusqu'à présent.

L'Algérie que je croyais mieux découvrir, mieux connaître et que j'ai toujours perçue entre deux portes, deux fenêtres de train, m'était aussi étrangère que la Sibérie. Nous nous sommes déplacés d'appartement en appartement où des vies s'entassaient sans aucun espoir de regard sur l'extérieur. Alors que j'avais l'envie irrésistible de traverser les murs pour connaître le pays dont j'étais citoyenne et incapable en même temps de dessiner le contour géographique et de mentionner les noms des villes, les oueds, et les montagnes. Ce pays, hostile à tout regard de femme se ferme délibérément à moi. Cette terre inhospitalière à tout produit d'importation que nous sommes, nous tous, race d'émigrés. Pourtant j'avais un instant programmé mon retour après l'obtention de mes diplômes, mais serait-ce un rêve ou une pure prétention que de revendiquer une terre intérieure sur laquelle on veut renouer ses racines ?

La rentrée scolaire vint effacer cet épisode triste de nos vacances. En classe de terminale, j'ai entendu le surveillant général murmurer à un groupe d'enseignants : "à savoir si la petite Arabe sera reçue au bac ?". Oui, Monsieur, une Algérienne, une étrangère ici, une émigrée là-bàs, dans ce pays qui est soi-disant mien. Mais qui suis-je donc ? Emigrée de nulle part, je végète entre cette Kabylie qui est mon pays de toujours et cette France qui est mon pays de tous les jours. Quel crime avons-nous commis, nous, exilés, si ce n'est celui d'avoir quitté notre pays pour vivre en hommes libres et tranquilles ? Mais qu'allons-nous devenir ? Sur quelle terre allons-nous planter notre drapeau ? Algériens en France, émigrés en Algérie. Quel est notre statut ? Que l'on nous reconnaisse et vite. Mais surtout que l'on cesse de nous compartimenter, de nous étiqueter comme une race à part entière. Nous avons droit à une place. Que l'on nous accorde crédit avant que de nouvelles lésions ne fassent leur chemin. Le danger est de nous percevoir comme une poubelle sociale où l'on ne puiserait que des taux d'échecs scolaires lamentables, et des germes de délinquance. Vous voulez sauver notre âme par l'injection à forte dose d'acculturation. Nous sommes conscients de cette mutation pour laquelle vous ne prévoyez que l'échec, mais je sais que tout n'est que mensonge. Je suis née Kabyle, je mourrai Kabyle, et c'est dans l'exil que mon identité se renforce.

Je suis enfin reçue au baccalauréat avec mention. J'ai versé quelques larmes, consciente que je jouais mon avenir à coup de diplômes. Et pourtant je n'ai rien changé à mon identité. Je pense suivre un cycle universitaire. Encore une gageure à tenir, et des négociations à entamer avec ceux qui continuent à gérer ma vie.

L'hiver arrive, en même temps que ses épidémies d'angines et de rhumes successifs. L'inquiétude des mères augmente en même temps que la graduation du thermomètre. J'ai souvenir encore de cette année-là, où malgré la forte fièvre et la gorge rendue muette par une forte angine, je révisais toutes mes matières pour une composition générale. J'ai dû travailler alitée pendant que ma mère s'obstinait à me faire avaler du lait chaud au miel. Et de temps à autre, elle incorporait au liquide blanc une poudre rose nauséabonde qui venait maculer la blancheur laiteuse. Sur prescription médicale, je devais m'abreuver au rythme de trois fois par jour d'un produit qui était un véritable supplice. Mais je m'encourageais à boire cette mixture en pensant que c'était là-dedans que je pouvais puiser toute l'énergie nécessaire qui me permettrait de préparer sérieusement les révisions scolaires. Au réveil, ma mère, inquiète devant mon visage froissé par la fièvre, refusa de me laisser rejoindre les bancs de l'école. J'ai trouvé la force de vociférer alors, que depuis deux jours, j'usais du langage gestuel et de quelques hôchements de tête pour communiquer avec ma soignante. J'ai tant abusé de mes restes de force que quelques gouttes de sang sortirent de ma bouche, je les ai aussitôt dissimulées dans mon mouchoir, et je me suis rendue à l'école, pour travailler la composition de mathématiques, matière que je haïssais, mais c'était un rendez-vous que je tenais à marquer. L'enseignante, étonnée de ma mine, m'interrogea. Elle me tâta le front "combien as-tu de fièvre ?" "39°, Madame." Les autres affolés, poussèrent des exclamations. "Tu vas repartir chez toi." Mes tempes battirent à rompre. Je savais sa décision irrévocable. J'avais réussi à convaincre ma mère, mais je ne pouvais me battre contre le professeur. La tête basse, les épaules voûtées, j'ai dû rebrousser chemin, laissant là les mathématiques du diable qui m'avaient tirée du lit, et pour lesquelles je n'avais jamais éprouvé aucune sympathie. Ma seule grande victoire était d'avoir maîtrisé ma douleur. Seul le pouvoir de l'enseignante contre mon courage fragile était ressenti comme un échec. Même alitée, je ne pouvais trouver le repos car ma conscience torturée, bornée, ne cessait de répéter que j'avais failli à mon devoir.

Pendant les premières années de notre émigration, ma mère avait conservé les gestes intacts qui savaient guérir les premières manifestations de maladies bénignes. Ainsi pour le gros rhume, elle brûlait une mèche de tissu torsadée, ce qui dégageait une fumée âcre qu'elle nous demandait de respirer. C'était une véritable torture, lorsqu'on évitait la mèche fumante, elle nous tenait fortement la tête nous obligeant à tout happer. Nos yeux se mettaient à larmoyer, notre gorge à piquer. Elle nous faisait avaler une omelette à l'ail, puis le soin se terminait par une bouchée de miel. Elle nous couvrait sous d'épaisses couvertures. Une véritable étuve. Toute la nuit, la transpiration perlait abondamment. Au petit matin, les premiers signes de douleur avaient disparu. Pour les adultes, lorsque cela s'avérait nécessaire, elle faisait usage de ventouses. En été, pendant la saison des furoncles ou des abcès, l'oignon était le produit miracle qui effaçait toute douleur. Des feuilles d'oignon légèrement revenues dans l'huile d'olive. Ma mère posait alors une feuille chaude sur l'abcès, l'entourait d'un bandage et renouvelait l'opération plusieurs fois dans la journée. Cette chaleur apportée par la feuille d'oignon permettait à l'abcès de mûrir plus facilement et de dégager ensuite le liquide visqueux qui l'engorgeait. J'ai vu ma mère à plusieurs reprises masser les enfants en bas âge avec l'huile d'olive, après un bain d'eau chaude salée. Lorsque nous nous plaignions de maux de ventre, elle nous imposait des mouvements. Assis par terre, jambes écartées, les mains derrières le dos, on devait attraper avec les dents le tamis qu'elle avait déposé à plusieurs centimètres de nous. C'était un exercice difficile. L'opération était exécutée plusieurs fois avant de procéder aux massages. Lorsque la douleur se prolongeait, on se "pendait", c'est-à-dire qu'elle nous portait par les jambes, tête en bas et nous secouait tout en nous étirant. Ce sont de vieux gestes et de vieilles méthodes de guérisseuse. Cela se pratique encore dans nos montagnes hermétiques à toute médecine occidentale. Cette dernière pratique pouvait être perçue comme un jeu pour les enfants qui, dans un mélange de rire et de douleur, cessaient tout cri dès qu'on les reposait par terre. Et bien souvent, lorsque l'enfant, guéri, voulait prolonger le jeu, il demandait à la guérisseuse : "âaleq-iyi" (suspens-moi). Mais petit à petit, ma mère avait perdu ces gestes riches de symboles. Et depuis la mort de Saïda, elle préférait faire appel à la médecine occidentale. On sentait le doute dans toute sa manière de penser et de faire. Pourtant elle ne reniait en rien ses origines. Elle possédait une culture générale étonnante pour une femme illettrée. Même si ses connaissances étaient limitées, dans tous les domaines, elle était capable d'entretenir une conversation. C'est ainsi qu'elle nous signala la grande bataille d'Icheriden qui a eu lieu en 1857. Elle introduisait dans ses récits des notions d'histoire berbère que lui avaient enseignées les anciens. Elle narrait avec une passion fougueuse. Elle insistait fort comme si elle craignait que nous n'accordions pas l'attention ou le crédit mérité à ce magistral cours d'histoire. Elle devenait belle dans son insistance et son arrogance. Une vraie Kahina (princesse berbère). Elle nous rappelait la première révolte des Kabyles face à l'occupation française. Elle nous parla de l'émir Abdelkader, du corsaire Barberousse, et bien d'autres faits historiques. Ses connaissances en géographie nous intriguaient. Elle citait aisément les grandes villes d'Algérie, et les ports. Je m'étais toujours demandée comment et où elle avait pu acquérir un tel savoir. Tout l'intéressait. Chose étonnante, elle nous parlait des microbes comme d'une matière tout à fait palpable. C'est peut-être pour cela qu'elle s'acharnait à stériliser les biberons et à javelliser l'appartement. Malgré cela, elle déclarait ne rien savoir, et lorsqu'une question la gênait, elle me disait : "tes livres, ils n'en parlent pas ?" Elle avait cumulé une foule de connaissances auxquelles elle ne portait aucun intérêt. Seul le savoir livresque représentait une valeur incontestable à ses yeux. Je la surprenais à feuilleter nos livres, et à s'arrêter sur le moindre détail. Elle s'instruisait à partir de l'image, mais elle n'omettait jamais de jeter un coup d'œil chargé de regret au texte.

Sâdi était un beau bébé qui attirait bien des regards. Des grands yeux ronds dans un visage rond et brun. Nul ne pouvait s'empêcher de venir y déposer des baisers affectueux. Il était si provoquant que l'envie de le croquer tout entier comme une ogresse me venait à l'esprit. Ma mère soucieuse des regards qui se tournaient vers l'enfant roi, craignait toujours le mauvais œil. Et là, elle avait recours sans hésitation aux recettes kabyles qui consistaient à lui glisser un couteau sous l'oreiller. Car les nombreux cauchemars qui l'arrachaient à son sommeil étaient des signes du mauvais œil. Ce fils tant attendu était très éveillé. Il ne marchait point encore lorsque mon père lui acheta une paire de chaussures à crampons car il souhaitait que son fils puisse un jour taper dans un ballon de football. L'ironie du sort voudra que bien des années plus tard, Sâdi ne touchera qu'à un seul ballon, celui du basket. En attendant, rien n'était trop beau pour lui. Ce petit être à la verge flasque et molle et même ridicule avait changé quelque peu nos habitudes. Dehors sur les cordes à linges, nous étions habituées à voir étendus jupons et dentelles, et là aux pantalons du patriarche étendus, venaient s'ajouter les barboteuses et les pantalons courts de Mansour, poussin qui promettait une solide relève patronymique.

La fille du berger a fait son chemin. Elle reste incrédule devant les hommes, qu'ils appartiennent à un camp, ou à un autre. Si un tel choix réveille la haine, ou d'autres animosités, alors cette entreprise aura été vaine. A travers l'écriture, j'ai simplement voulu respirer, vivre. Vivre, oui, mais pas comme toi, ma mère, qui demeureras mon énigme obsessionnelle, mon interrogation permanente. Et toi, l'homme de ma tribu qui a forgé ma rage et ma révolte. Quand cèderas-tu de ton pouvoir despotique au profit d'une nouvelle intelligence disposée au service du temps qu'on habite, du présent que l'on vit ? Toi, l'homme de ma tribu, regarde-moi, regarde mes grands yeux noirs qui se voilent, suis-je encore ton ennemie ? Prends ma main, faisons ensemble un long chemin. Comme ton hésitation est blessante ! Hélas, l'espoir n'est point inscrit pour demain. Pourtant, demain le jour se lèvera amenant avec lui les mêmes craintes que la veille, les mêmes souffrances, les mêmes larmes. Ce monde atrophié qui t'entoure ne te perturbe-t-il pas ? Ne trouble-t-il pas ton repos, ton sommeil, dis-moi, toi le père, toi le frère, seriez-vous atteints de cécité ? Vous avez égorgé mon rire et torturé mon sourire sur mes lèvres. Mais la fille du berger crie ; étouffer ce cri, c'est étouffer tout espoir de changement. Prêcher le silence, c'est prêcher la complicité et tout le reste. La fille du berger tente le dialogue pour réclamer sa part d'orphelin qui a été enterrée avec la duplicité des siens. La fille du berger tente de renaître en gardant les yeux grands ouverts sur l'enfermement primitif.

Et toi, le père, toi le frère, ne vous acharnez pas sur mon sort, car je n'abdiquerai point. Un jour, un nouveau soleil se lèvera pour moi. Timidement, j'ai ouvert un film d'images renfermant plusieurs années de cauchemars. L'auteur n'est qu'un apprenti maladroit du verbe qui cherche en vain les couleurs les plus harmonieuses pour exprimer ce monde flou. Certaines taches ont conservé toutes leur fraîcheur. D'autres points, récents ou non, demeurent comme des cicatrices précises, polies par la douleur. Les images torturées font naître cette tentative d'expression nouée. Mon Dieu, puisque la douleur est plus forte que l'amour, puisque je dois survivre au malheur, aidez-moi à me débarrasser de ce linceul qui étouffe mon cœur.

Khadija la fille du berger, marche encore traînant derrière elle une ombre boîteuse sur les chemins épineux. Et cette claudication traduira éternellement la marque de ses interrogations, de ses craintes et de ses doutes, sur la marche du monde, sur les mystères de la vie, dans le temps et l'espace.

A VOUS AUTRES

C'est derrière la porte de la peur que vous m'avez enfermée,
C'est dans le noir que vous avez creusé ma tombe
Vous avez mangé ma jeunesse
Et bu mon sang,
Vous avez atteint l'os qui a crié.
Le soleil refuse de briller
Les nuages vont et viennent,
Même le rêve me boude.
J'ai vu l'injustice pénétrer dans le métier à tisser
Montant ainsi les fils,
La vérité est blottie dans un coin,
Les bouches se sont tues.
Pauvre de moi, que se passe-t-il dans le pays des Berbères
Qui prétendent être des hommes ?
Avant de nous séparer
Je vous dédie ce poème
Ecrit avec mon sang,
Tant pis pour celui qui n'aura pas compris.
J'implore Dieu,
Pour qu'un nouveau soleil se lève pour moi
Et vienne réchauffer mon cœur
Qui ne cesse de gémir.

TABLE DES MATIERES

Collection *Écritures*

dirigée par Maguy Albet et Gérard da Silva

GENOT Gérard, *La frontière des Beni Abdessalam*, 1996.

MUSNIK Georges, *Par-dessus mon épaule*, 1996.

BOCCARA Henri Michel, *Traversées*, 1996.

STARASELSKI Valère, *Dans la folie d'une colère très juste*, 1996.

ALATA J.-F., *Les Colonnes de feu*, 1996.

COISSARD Guy, *L'Héritier de Bissas Moïse Simba Kichwa Ngunuri*, 1996.

DUBREUIL Bertrand, *Pierre, fils de rien*, 1996.

GUEDJ Max, *Le cerveau argentin*, 1996.

AOUAD Maurice, *Dernier jour, dernier rois*, 1996.

BALLE Miguel, *L'éveil*, 1996.

BENSOUSSAN Albert, *Les eaux d'arrière-saison*, 1996.

GREVOZ Daniel, *Les vires à Balmat*, 1996.

BRUNE Elisa, *Fissures*, 1996.

LESIGNE Hubert, *Blues des métiers*, 1996.

KHERROUBI Maurice, *La fuite de Souad*, 1996.

LE HOUEROU Fabienne, *Les enlisés de la terre brûlée*, 1996.

RENOUX Jean-Claude, *La petite qui voulait voir les montagnes danser*, 1996.

BOURGUIGNAT Philippe, *Soleil moqueur*, 1996.

DUMONT Pierre, *Le Toubab*, 1996.

SHARGORODSKY Alexandre et Lev, *Nouvel an à Eïlat*, 1996.

PAILLER Jean, *Issa Ghalil*, 1996.

KELLER Henri, *Boubou*, 1997

BARAKAT Najwa, *La locataire du pot de fer*, 1997.

GIRIER Christian, *Qalame*, 1997.

SARVA Mani, *Le cœur de la différence*, 1997.

SAINT-LOUP Gérard, *Phnon Penh, la douceur assassine*, 1997.

KOVAKS Laurand, *La rose noire*, 1997.

REBONDY Michel, *La Percheaude*, 1997.

LAFONT Suzanne, *Passions mineures*, 1997.

BREUKER Henk, *Quatre gousses d'ail*, 1997.

AUMEYRAS Danne, *L'îlet pendillé*, 1997